KEITAI
SHOUSETSU
BUNKO
野いちご SINCE 2009

今宵、君の翼で

Rin

JN167473

◎STARTS
スターツ出版株式会社

カバー・本文イラスト/架月七瀬

夜空の星よりも
キラキラと輝くあなたが好きだった

頬(ほお)に突き刺さる冷たい風も
あなたがいれば寒くなかった

あなたの後ろ座席は私の特等席で
ここから眺める景色や
あなたの後ろ姿が大好きだった

だけど運命はあまりにも残酷で……
神様なんかいないと思ったんだ

最強の暴走族・Phoenix(フェニックス)の16代目総長、柊木翼
完璧(かんぺき)すぎる美貌(びぼう)を持った女の子、佐久間美羽

どうしてあなたを好きになってしまったんだろう。

『今宵、君の翼で』登場人物紹介

佐久間美羽

普通の高校生だったが、兄の死により家庭崩壊し孤独に。翼に出会って人生が変わるが…。

親友 ← 先輩 →

木下陽菜

美羽のクラスメート。学校も遊びも一緒の親友。

浅野志保

家出中の美羽と陽菜を泊めてくれる、面倒見がよく頼れるいい先輩。

柊木翼 (ひいらぎ つばさ)

最強の暴走族Phoenix(フェニックス)の16代目総長。人を惹きつけるカリスマ性を持つ。

メンバー

槙島大輝 (まきしま だいき)

翼の中学校からの友達。Phoenixのメンバー。

先輩

四条悠一郎 (しじょう ゆういちろう)

翼の先輩。お金持ちでイケメンだが遊び人。志保先輩の元カレ。

contents

プロローグ　8

1章
私の秘密、君の秘密　10
初恋というもの　29
隠しごと　45
裏切りの代償　63
空っぽの心　82

2章
翼のない少女　96
信じたくない真実　124
意外な人との再会　142

3章
兄が伝えたかったこと　158
明かされた真実　184

4章

幸せのありか　　　　　208

君の翼でどこまでも　　239

番外編

3年後　　　　　　　　248

月夜の下で、キス　　　262

急展開　　　　　　　　275

翼からの告白　　　　　293

あとがき　　　　　　　306

プロローグ

　あれは去年の1月のことだった。
　突然兄が交通事故で他界した。
　目撃者によると、兄が青信号の横断歩道を歩いていたところに1台のバイクがブレーキも踏まずに突っ込んできたらしい。
　バイクも横転したが、バイクの運転者は、すぐに起き上がって姿をくらましましたと。
　今も犯人は逃走中のまま。
　両親は正気をなくし、家の中はめちゃくちゃになった。
　3つ年上の兄は優秀で、お父さんの跡を継いで医者になる予定だった。
　一方、私は成績も悪いし、いつも親に迷惑かけてばっか。
　真面目な兄とは正反対の人間だった。
　言葉にはしないけど、私が死ねばよかったのに……と親は思っているかもしれない。
　私を見る両親の冷たい視線が、すべてを物語る。
　私の家は、あの事故の日から時が止まっている。
　動くことは二度とないかもしれない。
　私は兄の代わりにはなれないから。
　どうやっても、お兄ちゃんに勝つことはできないから。

1章

私の秘密、君の秘密

　潮の香りがする。
　目を瞑ればかすかに感じることができる香り。
　それは、夜を知らないこの煌びやかな街が海に近いから。
　私はこの香りがすごく好き。
「美羽〜女子高生はダメだってぇ」
　友達の木下陽菜が手をパタパタさせながら、ため息交じりにそう言った。
「そっかぁー今日は収穫なしだね」
「うん、他んとこ行くぅー？　C駅付近とか」
「でももう1時だしなぁ」
　深夜0時を回っても、この街は眠ろうとはしない。
　ネオンが煌々と光を放ち、店の前では団体のお客さんやキャッチをする店員でごった返している。
　私、佐久間美羽と友達の陽菜は17歳の高校2年生。
　こんな時間に、このような場所は似合わないはずの年齢だ。
　だけど、私たちは夜に街を徘徊している。
　それには〝ワケ〟があって……。
　援助してくれる相手を探しているから。
　つまり、〝ウリ〟をやっている……生活費を稼ぐために体を売っているってこと。
　私も陽菜も家出中だった。

陽菜は親とケンカしてプチ家出中。
　うちは、お兄ちゃんのことがあってから親は私に無関心で、家に帰らなくても連絡1つない。
　中学の時から両親とはケンカばっかりで、きっとその頃から私なんかいらないって思っていたのかも。
　私がいてもいなくても、あの家は何も変わらないし。
　医者のお父さんに看護師のお母さん。
　2人はいつも忙しくて、厳しかった。
　だから幼い頃の楽しい思い出は1つもない。
　そんな両親が私は嫌いだった。
「今日は帰ろっか……」
「だねー、眠くなってきたし」
　陽菜はシホ先輩に電話していた。
　シホ先輩は、私たちの2つ年上の女の先輩で1人暮らしをしている。
　その先輩の家に、今は陽菜と2人でお世話になっていた。
　だけどいつまでもタダで住むのは悪いから、ウリで稼いでいる。
　バイトとかは親の許可が必要だし……。
　嫌だけど、お金を稼ぐのはこの方法が一番手っ取り早い。
「先輩は家に帰ってるけど、友達も何人か来てるっぽい」
「そーなんだ。じゃあ、お菓子でも買ってく？」
「だね。なんか〜男の声もしたけど！　イケメンいるかな!?」
「あはは、どーかなー」

陽菜は彼氏に振られたばっかりで、これでも一応は傷心中だった。
　彼氏のことを忘れたいからって、最近は毎晩出かけようって誘ってくる。
　オヤジと体を重ねても、そう簡単に忘れられるとは思えないけど……。
　陽菜は私のチャリの後ろにまたがった。

　コンビニでいろいろお菓子を買ってシホ先輩の家に帰ると、玄関は男の靴だらけだった。
　全部で5、6人くらいはいるかな……。
　ちょっと緊張している自分に気づく。
「あっ、おかえりー！」
　部屋に入るとシホ先輩が笑顔でビールを飲んでいた。
　私と陽菜のことをかわいがってくれているシホ先輩。
　だけど、ウリをやっていることは言えなかった。
「おっ！　かわいーじゃーん」
「シホの後輩ちゃんたち!?」
　部屋には若いヤンキーっぽい男たちが何人かいた。
　ヤンキー好きの陽菜は満開の笑顔で挨拶している。
　私もペコッと頭を下げた。
「2人とも座りなよ。ビールあるよぉ？」
　シホ先輩が私たちを座らせて、袋から缶ビールや缶酎ハイを出して渡してきた。
「ありがとうございます……あの、みんなシホ先輩の友達

なんですか?」
「うん、だいたい同中〜大輝と翼は2人とタメだったよねー?」
　シホ先輩が指を差した先にいたのは、茶髪で甘めの顔をした大輝って子と、出窓に座っていたベージュ色に近い金髪の翼って子だった。
　翼を見てゾクッとした。
　目が合った時、鋭い目つきで睨まれたから少し怖かった。
　あの緑がかったビー玉みたいな目はカラコンなのかな。
　でも、すぐに私たちに笑顔を向けて八重歯を見せる。
「カッコいー!　ってか、あの俳優に似てるって言われない!?　えーっと、名前は忘れたけど月9に出てるイケメンの……」
　隣で陽菜が興奮していた。
　確かにカッコいいけど……。
　ヤンキー&イケメン好きの陽菜は、すぐに翼を気に入ったっぽい。
「マジでー?　俺ってそんなにイケメン?」
　翼がふざけてみんなに聞いている。
「イケメンだよー!」
　陽菜が翼の隣に座った。
「調子乗んなよぉ〜翼ー!」
「うるせぇ、シホに言われたくねぇ」
　シホ先輩のほうが年上なのに呼び捨てなんだ……。
「とにかく、私のかわいい後輩たちを食ったりすんなって

ことー！」
「わかってるって」
　そう言っていたのに、その後、陽菜と翼は２人でイチャついていた。
　別にいーんだけど、視界に入ってくるから見てしまう。
　２本目のお酒を飲もうとしたら、大輝が取ってくれた。
「ジントニックでいい？」
「あ……うん、ありがとー」
「美羽ちゃんだっけ？」
「うん。美羽でいーよ。うちらタメでしょ？」
「おう、そーだなっ」
　大輝は甘めのマスクにぴったりの優しい笑顔を見せた。
「美羽ってかわいーよね」
「え!?」
　急にそんなことを言うから、お酒をこぼしてしまった。
「何を言ってんの!?　びっくりしたしー」
「ハハッわりぃ！　でもマジでかわいすぎっからビビッたし。彼氏とかいんの？」
「今はいないけど……」
「マジか！　俺、狙ってもいいー？　美羽が最初に部屋に入ってきた時から気になってたんだよね」
　大輝がそう言っている後ろで、陽菜が翼の頬にキスしているのが見えた。
　あの２人、うまくいったのかな……。
　陽菜、彼氏に振られてからめっちゃ落ち込んでいたし、

ちょうどよかったのかも。
「聞いてる!?」
「へ!?」
　ヤバいっ、そーいえばなんか告られていたんだった。
「今、翼のほう見てたっしょ？」
「み、見てないよ!?」
「あいつはやめといたほうがいーよぉ〜。友達としてはめっちゃいい奴(やつ)だけどね」
「そうなんだ……いや、私じゃなくて、陽菜とうまくいきそーだからさ」
「あー。あの子かぁ。耐えられっかなぁ……」
「……え？　何を……」
「美羽〜飲んでる!?」
　大輝に聞こうとしたら、シホ先輩に絡まれた。
　耐えるって……何を？
　でも、その後はみんなでゲームしたりしていて、そんな話をする余裕などなかった。
　飲みすぎていつの間にか眠ってしまっていた。
　目を覚ました時には部屋が暗くなっていて……。
　みんな適当な場所で眠っていて、誰かのイビキも聞こえる。
　そんな中、陽菜の声が聞こえた。
　声というか……吐息というか……甘い声。
　きっと相手は翼かも。
　眠ってはいるけど、みんながいるのによくこんな場所で

できるな……。
　なんて思いながら、私は再び眠りについた。

　それからまもなくして、私のスマホが鳴った。
　〝浅野さん〟からメールだった。
　彼は、出会い系サイトで知り合った人。
　30代のサラリーマンで、お金はそんなになさそうなのに毎回3万円くらいくれる。
　最近は週1で連絡が来るから、いい常連さんだった。
　もう朝の5時だというのに、今から会おう……だって。
　正直酔っ払っているし眠いから行きたくなかったけど、3万円は大きい。
　私は重い体を起こしてメイクを直した。
　陽菜の声は聞こえなくなっていたので、どうやら〝コト〟が終わって眠ったみたい。
　ちょうどいい。今のうちに外へ出よう。
　そーっと抜け出そうとした時、突然足首を掴まれた。
「ひゃっっっ」
　足元を見ると、翼が私の足を掴んでいた。
　驚いて体が固まる。
　翼はムクリと起き上がって私のことを見上げた。
「どっか行くの？」
「あ……ちょっと友達に会いに……」
「こんな時間に？」
　なんて嘘をつこうかと考えていると、翼が上着を持って

玄関に向かった。
「送ってってやるよ、足ねぇーんだろ？」
「あっ……でもっ」
　翼は私の話を聞かぬまま、玄関のドアを開けた。
　外はまだ暗くて、寒さが身にしみる。
「これ着れば？」
　翼が私に上着を手渡した。
　大きいグレーのパーカーは、私にはぶかぶかすぎる。
　翼は近くで見ると意外にガタイがいい。
「あの……本当にいいの？」
「いーよぉ」
　そう言って、アパートの下に停めてあったバイクにカギを挿した。
「これ……翼のバイク？」
「そっ」
　ドクンと心臓が揺れる。
　カスタムしてあるバイクの横に貼られていたステッカー。
【Phoenix】
　関東ナンバー1の暴走族のチーム名だ。
　暴走族に詳しくない私でも名前だけは知っている。
　もしかして……翼って暴走族なの？
　無意識に後ずさりしてしまっている私に、翼はヘルメットを渡した。
「何？　早く乗れよ」

「あ、う、うん……」
　ここで断っても変に思われるよね……。
　私は翼の後ろにまたがった。
　バイクの後ろ座席に乗ることは何度もあったけど、翼のバイクは座り心地がよい。
「場所どこ？」
「あ……Ａ町方面に行ってもらえる？」
「りょーかいっ」
　マフラーも改造しているようで、ものすごくうるさい。
　みんなを起こしちゃうんじゃないかな……。
　とくに陽菜にバレたら怒られるかも。
　私たちは、爆音とともにアパートをあとにした。

　翼はPhoenixのメンバーだったりして。
　でも赤信号では止まるし、スピードも出さない。
　翼の運転は丁寧で、安心して乗っていられる。
　スイスイと街中をすり抜け、あっという間に目的地についた。
「送ってくれてありがとう。眠いのにごめんね」
「別に。あんただから送っただけ。他の奴だったらこんなだりぃことしねーし」
「え？」
　翼の手の甲が私の頬に触れた。
　ひんやりと冷たくなっている。
「美羽が気に入ったってこと。俺の女になんない？」

「はっ!?」
　耳を疑った。
　翼が私のことを気に入った？
「えっ……あの、陽菜は!?　2人はさっき部屋で……」
　さっき聞こえた陽菜の息づかいを思い出し、思わず顔が赤くなる。
「あー、さっきコマとやってたな。美羽も気づいてたんだ？」
　コマとは、小松っていう昨夜に遊んだメンバーの1人。
　シホ先輩とタメだったはず。
　嘘……てっきり相手は翼だと思っていた。
「陽菜といい感じだったんじゃ……」
「あー……なんか告られそーだったけど。陽菜はタイプじゃねーし。てか、あいつネタ食ってんだろ」
「え!?」
「ダチなのに気づかねぇの？　あいつヤク中じゃね？　俺、廃人を女にしたくねーわ」
　全然気づかなかった。
　この1ヶ月、ほとんど一緒にいたけどクスリをやっているような気配は全然なかった。
　でもウリをしたあとに会うと、やけにやつれて疲れきった顔をしていたのが気になっていた。
「で？　どーする？」
　真面目な顔して言っている。
　翼は本気なのかな……。
「まだ翼のこと全然わかんないしっ……」

「あー、確かに。じゃ今度、走る時に来いよ」
「走る!?」
「言ってなかったっけ？」
　バイクに貼られていたステッカーを指さす。
　ドキッとした。
「Phoenixのメンバー……なの？」
「そ。今週末に集まるから来いよな」
　思わず頷いたものの、ちょっと怖くなった。
　でも今さら何をビビっているんだろう。
　家出して、体を売って稼いでいるくせに。
　これ以上、怖いものなんてないよ。
　その時、浅野さんから電話が来た。
「ダチ？」
「う、うん……」
「じゃ、そーゆーことで。気いつけて！」
　翼は手を挙げると、勢いよくエンジンを吹かしながら行ってしまった。
　なんだかまだドキドキしている。
　あのビー玉みたいな瞳に見つめられると動けなくなる。
「あ……パーカー返すの忘れてた……」
　ぶかぶかのパーカーからは翼の香りがした。
　私の好きな、海の香りがする。
　私はその後、浅野さんと会って、いつもどおりにホテルで過ごした。
　ウリをしている時は、いつも頭の中は無になっているの

に、今日は翼のことでいっぱいだった。
　彼のこと何も知らないのに、どうしてこんなに気になるんだろう。
　大輝にだって告られたのに、なぜか翼のことばかり考えてしまう。
　こんな何もない私のどこがいいんだろう。
　ホテルの天井を見つめながら、ずっと翼のことばかり考えていた。

　浅野さんと別れてシホ先輩の家に帰ると、2人はもう家を出たあとだった。
　今日は朝方から浅野さんと会ったから、学校に行く気力がなかった。
　確か学力テストの日だったから、ダルいしちょうどよかったかも。
≪起きたらいないし、絶対サボると思ったんだよね≫
　陽菜が電話ごしにため息をついた。
「ごめん〜浅野さんから急に連絡が来てさっ」
≪そうだと思った〜。まっ、別にいーけどねぇ≫
　翼に送ってもらったことは気づいていないみたい。
≪てかさぁ、私、翼に振られたっぽーい≫
「そ、そうなんだ……」
≪最初いい感じだったのにさぁ。ムカついたから見せしめにコマくんとしちゃったし≫
「コマくんと付き合うの？」

≪ううん。やっぱり翼のこと諦められないもん。あんなイケメン滅多にいないじゃん？　あ、そーいえば聞いた話だと、翼ってPhoenixのメンバーなんだって！≫
「へぇ……」
　知っていたけど、ここは知らないフリをしとこう。
≪しかもさ、アタマらしいよ！≫
「え？」
≪だから～Phoenixの総長なんだって！　すごくない!?≫
　陽菜が言うには、翼はPhoenixの16代目総長らしい。
　Phoenixは関東で一番強いと言われているチームだけど、極悪卑劣なことをやっていて気が狂った奴が多いと、前に陽菜は言っていた。
　バックに暴力団もついているらしい。
　でも、翼がそんなことをしているとは思えなくて。
　昨日初めて会ったけど、すごくきれいな目をしていて、彼がPhoenixの総長だなんて信じられなかった。
≪ちなみに昨日アパートにいたメンズみんなPhoenixのメンバーらしいよ～。コマくんがいろいろ教えてくれたんだけどね≫
「そうなんだ……」
　ってことは、大輝も。
≪みんなケンカ強いらしいけど～翼は群を抜いてるってー！　カッコいーよねぇ!?　私やっぱ翼と付き合いたいなー。アタマの女って肩書きもよくない!?≫
「う、うーん」

そんなこと言われたら、翼に告られたことを相談できるわけもなく。
≪もっと大人っぽい服のほうが好みだったのかな!?　でも、服は家から持ってきてないしなー。稼いで服を買わなきゃー！　ねぇ美羽、今夜も付き合ってよ≫
「えー、私、昨日ほとんど寝てないから今日は寝たかったんだけど」
≪マジかぁ〜。美羽がいると美人だから収穫率も上がるのになぁ≫
「ごめんっ」
≪りょうかーい。今夜は１人で頑張ってくるよ≫
　陽菜は一晩で５人くらい相手をする。
　１人あたりの金額が少ないから、そうしないと稼げないって言っていたけど……。
　私は無理だな……１人でもいっぱいいっぱい。
　本当は、体を売るなんて嫌で嫌でたまらない。
　吐き気がするのを必死で抑えている。
　でも、私にはこんな方法しかないから。
　まともに生きるなんて無理だし。
　陽菜との電話を切ると、布団にパタンと横たわった。

　お兄ちゃん……。
　どーして死んじゃったの？
　どーして私を置いてったの？
　いつもそばにいて、私のことを守ってくれた……大好き

なお兄ちゃん。
　早く私もそっちに連れていってよ……。

「おい……っ」
　目を開けると翼の顔がアップだった。
「えっ!?」
「なんかうなされてたけど大丈夫？」
　なんで翼がここにいるの？
　シホ先輩は仕事に行っていて、部屋には私だけのはず。
「いつの間に来てたの!?」
「んー……さっき」
　まるで自分の家であるかのように、キッチンでお湯を沸かしてカップラーメンに注いでいる翼。
　その様子に呆気にとられながらも、ふいに今朝のことを思い出して急にドキドキしてきた。
「翼って……タメだよね？　学校は？」
「行ってるわけねぇだろ。知り合いの車屋で働かしてもらってんだよ」
　そう言って、鼻歌を歌いながら私の目の前にもカップラーメンを置いた。
「食えば？　昼飯まだっしょ？」
「あ、うん……。翼は今日休みなの？」
「いや、休憩タイム〜。シホに電話したら美羽が１人で部屋にいるかもって言うから、カギの隠し場所も聞いた」
　わざわざ私に会うために来てくれたんだ……。

トクントクンと胸が鳴る。
「うわっ！　これかれぇーっ！」
　ゲホゲホとむせながら、水をがぶ飲みする翼。
「当たり前じゃん！　これトムヤムクンだもんー辛いよ！」
「マジかっ初めて食ったわ！　かっれぇーーー」
　しかも、涙を流しながらヒーヒー言っている。
　その光景がおかしくて笑ってしまった。
　暴走族の総長なのに、辛さには弱いんだ……。
「あはははっ、ウケるしー！」
「あー、やっぱ笑ったほうがいーな」
「え？」
「美羽ってさ、全然笑わないっしょ」
「そんなことないよ？　昨日だって楽しかったし……」
「でも心から笑ってねぇよな？　今みたいに」
　え……今までちゃんと笑っているつもりだった。
　笑えていなかったってこと？
「美人なんだから無愛想にしてっともったいねぇぞー？」
「美人なんかじゃないよ……」
「わかってねぇーんだな。今朝うちのチームの奴らが、お前のこと言ってたし。あんなかわいー子は見たことねぇって。モデルでもやってんの？」
「やってるわけないじゃんっ……私なんて全然だよ」
　みんな、私のことを『かわいー』とか『美人』とか『きれい』とかよく言ってくるけど、私が裏でどんなことをしているのか知らない。

だから、そんなことが言えるのだろう。
　知ったらきっとドン引きする。
「でも……俺は違うんだよね」
「え？」
「外見よりも、なんか惹かれるもんがあってさ」
「惹かれるもの？」
　私も最初に翼を見た時、目が離せなかった。
「そ。だから俺のものにしたいって思った」
　そう。このビー玉みたいな緑色の瞳。
　まっすぐに私だけを見つめる瞳。
「美羽、俺の女になれよ」
　本気なのかな……。
　翼は積極的に来る。
　でも、私は『好き』という気持ちがどんなものなのかわからない。
　確かに翼に惹かれている部分はあるけれど、まだ翼のことをよく知らないし。
「もう少し……考えさせて？」
　すると翼がゴロンと横たわった。
「やっぱ美羽は他の女と違うなー」
「え？」
「真面目だよな、見た目と違って。でもそういうところもいいと思うけど」
　真面目ではないと思う。
　恋に関しては慣れていないだけ。

告白をされたことはあるけれど、彼氏がいたことはない。
　男の子を好きになるって、どんな感じなんだろう。
　私は横に寝そべっている翼を見た。
　すると、彼はこちらを見て微笑(ほほえ)んでいる。
「これ俺の番号。なんかあったらいつでも連絡して」
　翼は、自分の番号が表示されているスマホの画面を私に見せてきた。
「うん、わかった」
　翼の番号を登録しながら、さっき陽菜が言っていたことを思い出していた。
　暴走族の総長なんだよね……。
　翼はこちらを見てニコニコしている。
　総長って感じ、まったくしないのに。
　ボーッとしていると、突然目の前に翼の顔が現れた。
「え!」
　ドンッ!
　とっさに翼を突き飛ばしてしまった。
「ご、ごめっ……」
　だって急に顔が近づいてきて……。
　すると翼がお腹をかかえて笑い出す。
「アッハッハッハ!　最高!　俺を突き飛ばした女、初めてだわ!」
「だって!　急に……」
「わりぃ。顔を見てたらキスしたくなって」
「えっ……ダ、ダメ!　まだ付き合ってもないのに」

「だよな、美羽はそういう奴だよな。うん、待ってっから。いい返事聞かせて？」
　翼は柔らかく笑った。
　その笑顔に、胸がトクントクンと鳴り出す。
　鼓動は治まることを知らない。
　……この気持ちがなんなのか、この時の私はまだ知らずにいた。

初恋というもの

　翼と連絡先を交換してから、頻繁にメールが来ていたけど、最近は仕事が忙しいらしくメールが途絶えていた。
　翼と最後に会ってから1週間が過ぎた。
　たった1週間なのに、なぜか寂しく思ってしまう。
　でも、これが恋なのかはわからない。
　今までこんなに熱心にアプローチされたことなんてなかったから、私もどう接したらいいのか悩んでいた。

　そんなある日の放課後、陽菜がいつものように私の席にやってくると耳元で囁いた。
「今夜、大学生とカラオケに行こうよ」
「え？　大学生？」
「うん。私のお客さんでね、もう2、3回会ってるんだけどいい人だよ。彼女が欲しいんだって。美羽っていう美人を連れていくって約束しちゃったからさぁ……」
「えっ……私、美人じゃないし……」
「十分美人だし。ね、行くでしょ!?」
　目をキラキラ輝かせて私を見つめてくる。
　陽菜ってば……いつも急だし無理やりなんだから。
「もう約束してるなら行かなきゃならないでしょ」
「やったー！」
　と、声を張り上げて喜んでいた。

「でもさ、陽菜は翼のことどう思ってるの？」

　自分から聞いたくせに、心臓がドキドキしていた。

「翼のことは好きだけど……それとこれは別だから」

　そういうものなんだ……。

　翼とメールしていることは、陽菜には言えていなかった。

　言わなきゃとは思っているんだけど、なんとなく言いそびれている。

「じゃ、駅で待ち合わせてるから行こー？」

「うん……」

　体を売って稼いでいることを知っている人たちと遊ぶのは気が引けるけど、しょうがない。

　今日だけならいいかな……。

　ふっと一瞬、翼の顔が頭をよぎった。

　ううんっ。別に彼氏とかじゃないし。

　私は頭に浮かんだ翼の顔を慌てて消し去った。

　いつも持ち歩いている私服に着替え駅に行くと、すでに大学生２人が待ち合わせ場所についていた。

「こんにちはー！　友達連れてきましたよぉ」

　陽菜が私の腕を引っ張る。

　目の前にいる大学生たちは私に興味津々のようで、ジロジロと全身を見回してきた。

　失礼だけど、第一印象ちょっと気持ち悪い……と思ってしまった。

「マジで、すっげーかわいいじゃん！　俺、陽菜の知り合

いの透(とおる)でーす」
　この人が陽菜のお客さんか……。
　大学生だけど、普段は陽菜にお金を払っているんだよね。
　私のお客さんたちはみんな大人なおじさんが多いので、若い人は新鮮だった。
「よ、よろしくお願いします……」
　挨拶して頭を下げると、透さんは「声もかわいいね」と、私の肩を抱いてきた。
　ゾッとしてしまった。
　どうしてだろう、翼に肩を抱かれてもこんなふうに思わないのに……。
　それに、肩を掴んだ力が強くて少し怖くなった。
　もう1人の男の人は、透さんの友達で雄大(ゆうだい)という名前らしい。
　私たちは他愛もない話をしながら、近くのカラオケ店に入った。
　店内に入った瞬間、陽菜が突然私の袖を引っ張る。
「ちょ、ちょっと！　あの店員さんって！」
　陽菜の視線の先を見ると、どこかで見たことがあるような顔。
「え……あの人って……」
「大地(だいち)さんだよ！　Phoenixの！」
「ええ！」
　確かこの前、シホ先輩の部屋で飲んだ時にいた1つ年上の男の人だ。

少し話した程度だったけど、この人もPhoenixのメンバーなんだよね……。
　大地さんは私たちが受付に行くと、「久しぶり〜」と言って笑顔を見せた。
「うちらのこと覚えてるんですか!?」
　陽菜が身を乗り出して聞くと、大地さんが頷いた。
　そして、近くにいた透さんたちを見て「合コン？」と興味津々に聞いてくる。
　合コンなんかじゃないけど……他の人から見たらそう見えるのかな。
　大地さんにバレたら翼にもバレちゃうのかな……。
　そんなことを考えている自分に驚いた。
　なぜか翼に対して罪悪感を持ってしまう。
　彼氏でもないのに。
　マイクが入ったカゴを渡され、部屋に向かおうとした時、大地さんに肩を叩かれた。
「え？」
「翼はいいの？　こんなの知ったら怒るんじゃね？」
　大地さんは、私にしか聞こえないくらいの小さな声で言った。
「なんでですか？　翼……彼氏じゃないですから」
「そっかぁ。でも翼は美羽ちゃんのことすげー気に入ってんだけどなぁ。ま、とりあえず男には気をつけなよ？」
　そんなこと言われても……。
　足が急に動かなくなってしまった。

陽菜がそんな私に気づいて、遠くから「美羽ー？　どうしたの？」と声をかける。
「な、なんでもないっ」
　私は大地さんに頭を下げると、急いで陽菜のもとへと走っていった。
　大地さんに言われたことが気になってしまう。
　翼にこのことを知られたくないって思うなんて……。

　部屋に入ると、陽菜は雄大さんの隣に座っていた。
　そして透さんが私のほうを見て手招きしている。
　やだな……私、あの人苦手なのに。
　陽菜の隣に座りたかった。
　仕方なく透さんの隣に座ると、私にぴったりくっついてきた。
　離れたくても、ソファが狭くて離れられない。
「お酒飲めるっしょ？　さっきの店員、未成年の２人に酒は出せないとか言ってたけど、『俺たちが飲むから』って言って頼んどいたから」
「あー、はい……」
「美羽ちゃん間近で見ると本当かわいいわ。これで彼氏いないとかって……俺ラッキーじゃん？」
　……透さんのテンションは上がっていたけど、私はだだ下がり。
　お酒も入ってほろ酔いの陽菜は、向かい側の席で盛り上がっている。

私は歌が得意じゃないからひたすら飲んでいた。
　透さんとはあまり話をしたくなかったので、『歌うまいからもっと歌ってください！』と気分を上げて歌ってもらっていた。
　でも、徐々に酔いが回ってきて頭がふわふわしてきた。
「美羽ちゃんも歌ってよ」
　透さんが強引に私の肩を抱く。
　酔っ払っているせいか、さっきよりもベタベタしてきているような。
「私はいいです、本当に下手なんで……」
「えーかわいい声なのに。てかさぁ……」
　そう言って私の太ももを触ってきた。
　全身に鳥肌が立つ。
「陽菜みたいに体を売ってるって本当？　俺、陽菜じゃなくて美羽ちゃんとしてみたいんだけど」
　耳元で囁かれ、体が硬直した。
　気持ち悪い。もう我慢できない！
「す、すいません！　トイレ！」
　私はスクッと立ち上がり、バッグを持って部屋を出た。

　結構お酒を飲んでしまっていたせいか、足元がおぼつかない。
　バカだな、セーブして飲めばよかった。
　気持ち悪いからとりあえずトイレへ……。
　フラフラしたまま女子トイレに入ろうとした時。

突然後ろから抱きつかれた。
「え!?」
　驚いて振り向くと、透さんが私に抱きついていた。
　私は驚きと恐怖で声が出ず、再び硬直してしまった。
　ど、どうして……。
「美羽ちゃーん、逃げるのナシだかんねー？」
　透さんも酔っているみたいだけど、力はかなり強い。
　私に抱きついたまま離れようとはしない。
「は、離してください！」
　すごく、お酒臭い！　余計に気持ちが悪くなる。
「逃がさないよーん」
　透さんは私の胸元に手を入れようとした。
「やめて！　は、陽菜っ！」
　私は手に持っていたスマホで、陽菜に助けを求めようとした。
　その時、陽菜からメールが来ていたことに気づいた。
【うちら抜けるね〜！　美羽たちもいい雰囲気じゃん！頑張れ〜！　カラオケ代はテーブルに置いといたから】
　顔が青ざめた。酔いも一気に覚めたような気がする。
　嘘でしょ……陽菜！
「あいつらもいい感じだったよな。今からホテル行くって！だから俺らもさぁ……」
　鼻息を荒くした顔が近づいてくる。
「やだ！　離してよ！」
「今さらなんだよ!?　純情ぶってんじゃねーよ、このビッ

チが！」
　バシッと左頬を平手打ちされた。
　頬がジンジンと痛む。
　私は怖くて震えが止まらなかった。
　これは罰なんだ。
　体を売って稼いだりなんかしてるから。
「へっ！　やっと大人しくなったな」
　私は呆然と透さんを見つめる。
　逃げたくても、足が思うように動かない。
　透さんはまわりを見渡し、舌打ちした。
「しょうがねぇ、トイレですませるか」
　私の腕を引っ張り、トイレの中へと連れ込もうとした。
「いや！」
　精いっぱいの力で抵抗したが、透さんの力が強すぎて腕がちぎれそうになる。
「まだ抵抗すんのかよ、この女！」
　次の瞬間、透さんの右手が上がったのが見えた。
　また殴られる！
　そう思った次の瞬間……。
　ガンッ！
　誰かが透さんの顔面を殴った。
　透さんは一瞬にして地面に倒れ込む。
　見覚えのあるベージュ色の髪……。
　後ろ姿でも、それが誰なのかわかる。
「つ、翼!?」

夢じゃない。
　目の前にいたのは翼だった。
　信じられない……どうして翼がここに!?
「翼、どうし……」
　前に回り顔を見てドキッとした。
　冷酷な瞳が、突き刺すように透さんを睨んでいる。
　こんな翼、見たことない……。
　透さんは殴られた頬を押さえながら体を起こした。
「いってぇ……急に何すんだよ!」
　すると今度は翼が透さんの上に馬乗りになり、顔を数発殴った。
　それには私も驚いて後ろから止めに入った。
「やめて翼!　もういいから!」
　私の声に翼の手が止まった。
　しかし、透さんも懲りずに翼に向かって殴りかかろうとする。
　でもすぐに腕を掴まれ、身動きが取れなくなった。
「くっそ……こんなことしてタダですむと思ってんのかよ……警察呼ぶぞ!?」
　それに対して、翼は半分笑っていた。
「サツ?　呼びたきゃ呼べよ。未成年に酒も飲ませて、お前らもパクられんぞ。その前に、てめぇの意識なくなってんだろうけどな」
「くっ……狂ってんのか!?　なんなんだよ!　この女の知り合いか!?」

翼がこちらを見たのでドキッとした。
「知り合い……じゃねぇよ。俺の女……になる予定の女」
「はぁ!?」
「てめぇが気軽に触れていい女じゃねーってことだ！」
　ガンッ！
　翼は立ち上がり思いっきり透さんを蹴った。
「も、もうやめて！　もう十分だから……」
　見ていたくない。これ以上、翼の手を汚したくない。
　だけど翼は険しい表情で私を見た。
「頰っぺた叩かれたんだろ、こいつに！　だったらそれ以上の痛みを味わわせてやんねぇと気がすまねぇよ！」
　透さんは半分意識を失っている。
　これ以上やったら本当にヤバい。
「くっ……」
　その時、透さんが笑った。
「てめぇ、この状況でなに笑ってんだよ！」
「お前……俺の女になる予定とか言ってっけど……知ってんのかよ……この女はなぁ、体を売っ……」
　次の瞬間、翼が透さんのお腹を殴った。
「ゲッホッ！」
　透さんは胃液を吐き出して苦しそうにしている。
　それを見た私の体は、ガクガク震えていた。
『体を売っている』って言おうとしてた？
　翼にバレたら……。
「うっせーんだよ！　くたばれ！」

翼が透さんを床に投げ捨てると、透さんはお腹を押さえて丸まった。
「透さん！」
「急所は外してやったから大丈夫だろ」
　その時、大地さんが透さんのもとへ駆けつけた。
「えっ大地さん!?」
「ん。大丈夫だ、翼にしてはめずらしく抑えたな」
　透さんの容体を見て、大地さんはホッとしていた。
　気づかなかったけど、近くにいたの!?
　翼は大地さんの隣にしゃがみ込んで、気を失っている透さんの顔をぺちぺち叩いていた。
「大地が連絡くれたんだよ。美羽があぶねーかもしんねぇって」
「大地さんが!?」
　大地さんは私のほうを見て微笑んだ。
「あの大学生さ、前にも何人か女の子連れ込んでんだよ。なんかヤバそうだったからすぐ翼に連絡した」
　そうだったんだ……。
　だから大地さん、私に気をつけろって……。
　せっかく注意してくれたのにこんなことになるなんて、本当に自分が情けない。
「ごめんなさい……翼にも大地さんにも迷惑かけて……」
「いやー、ケガなくて本当によかったよ」
　大地さんが明るく振る舞ってくれてうれしかった。
　でも……翼は納得いかない顔をしていた。

「ケガしてるし」
　私の右頬を触りながらボソッと呟いた。
　翼が来てくれたことに驚いて、叩かれた痛みなんか忘れていた。
「じゃ、こいつはスタッフルームで寝かせとくわ。起きたらチーム名でも出して適当に脅しとく。前科もあるしな」
　軽い感じで大地さんは言っているけど、本当に大丈夫なのだろうか。
　不安そうにしていると、大地さんがそんな私に気づいて「本当に大丈夫だから。翼がバックにいれば心配ない」と笑顔で言ってくれた。
「じゃあ、俺らは行くから」
　翼が私の手を取った。
「あ、お金……」
「部屋に置いてあったから平気。足りなきゃ、こいつからもらうし」
　大地さんが透さんを指さして、私たちに手を振った。
　翼が「行くぞ」と無理やり引っ張るから、私は大地さんに慌てて一礼して翼のあとを追った。

　翼、ちょっと怒っているみたい。
　私の手首を握る力が強くて、荒々しいような。
　怖いけど、透さんに対する恐怖とは違う。
　翼になら手を握られても平気だ。
　むしろ、ちょっと緊張してしまうくらいで。

外はいつの間にか真っ暗になっていて、あたりは帰宅中のサラリーマンやＯＬなどで混雑していた。
　しばらく無言のまま歩き、たどりついた先はゲーセンだった。
　店内に入ると、翼は誰も並んでいないプリクラ機の中に私と一緒に入った。
「えっ!?　プリクラ!?」
「ここなら２人っきりになれるし誰にも見られねぇだろ」
　翼はその場にしゃがみ込み、はぁーっと大きなため息をついた。
　私も翼の隣に並んでしゃがんだ。
「あの……ごめんね、翼……怒ってるよね」
　謝罪の言葉しか思いつかない。
　すごく怒っているんだろうな……。
「美羽に怒ってんじゃねぇ。あいつだよ、さっきの野郎。ふざけやがって……殴り足りねぇ……」
「もう十分だよ！　頰っぺた叩かれただけだし！」
「叩かれただけって……大事(おおごと)だろ！　痕が残ったらどうすんだよ！」
　翼は悔しそうに私を見た。
　私のためにこんなに怒ってくれているんだ……。
　告白した女が返事を保留にして、他の男と遊んでいたのに……それでも助けてくれるなんて。
「翼はどうして私を助けてくれるの？　私なんかのどこがいいの!?」

「言ったじゃん、全部だよ。美羽の全部に惹かれてる。好きになるのに理由なんてない」
　まっすぐに見つめるその目に嘘はないと思った。
　私も気づくと翼のことばかり考えている。
　それってやっぱり、どうしようもなく好きだからなんだよね……。
　胸がバクバク鳴り響いて、うるさいくらいだ。
　こんな気持ち初めて。
「危なっかしくて放っておけねぇよ。絶対に俺が守ってやるから……いい加減、俺のものになれ」
　腕を引っ張られ、翼の胸の中に倒れ込んだ。
　翼の胸板が意外にも厚くて驚いた。
　背が高くて華奢に見えるけど、実際はがっちりした体つきだ。
　ぎゅっと抱きしめられているし、緊張のせいなのか胸が苦しい。
　こんなふうに、守られている……と感じたことは今まで一度もない。
　私を抱きしめる翼の腕は力強いけど温かくて。
　翼なら私を大事にしてくれる。
　きっと翼なら本当の私を受け入れてくれる。
　私は翼の背中に手を回した。
「うん……私も好きだよ」
　人のぬくもりってこんなに温かくて、身も心も幸せにしてくれるものだったんだ。

こんな気持ち、ずっと忘れていた。
　鼻の奥がツンとして、じわっと涙が溢れてきた。
「大事にするから」
　そう言って抱きしめる腕の力を弱めると、今度は私の顎を軽く持って上を向かせた。
　こ、これって……。
「していい？」
　顔を傾けて私に聞いてくる。
　翼のきれいなグリーンの瞳が近すぎてドキドキしつつも、強引にキスしてこないことに驚いた。
　コクンと頷き、目をつむる。
　すると、柔らかくて温かいものが唇に当たった。
　これがキスなんだ……。
　私は体を売っても、唇だけは守ってきた。
　キスだけは好きな人としたい。
　そんな変なこだわりがあったから。
　でも、初めてのキスが翼でよかった。
　緊張していると、翼がフッと笑った。
「すげーかわいい……」
「えっ」
「もっかいしない？」
「も、もう一度!?」
「ん。俺だってずっと我慢してたんだけど」
　私が頷くと、翼は私のおでこにチュッとキスを落としてから、再び唇にキスした。

唇を重ね合わせるというより、食べられているような感じがする。
　翼の柔らかい唇の感触がよく伝わってきた。
「なんか照れてる？」
「だ、だって……初めてで……」
「マジか。　すげーうれしいんだけど」
　翼はすごく喜んでいた。
　その笑顔を見て、私までうれしくなった。
　私もこの人のこと大切にしよう。
　ずっと、ずっと……この笑顔を守っていこう。

隠しごと

　すごい数のバイクが、すさまじい音を鳴らしながら集まってくる。
　ヘッドライトが眩(まぶ)しすぎて、私は目を細めていた。
　暴走族の集会とやらに初めて参加したけど、こんなに人がいるとは思わなかった。
「陽菜、あとから来るんだって？」
「あー、そうみたいです。用事があるって言ってました」
　隣に座っていたシホ先輩が、フーッとタバコを吹かす。
　翼と付き合っていること、陽菜にはまだ言えずにいた。
　いずれバレてしまうことだから早く言わなきゃとは思っているんだけど……なかなか言い出せずにいる。
　あのカラオケ事件の日、陽菜は透さんの友達の雄大さんとホテルに行ったらしいけど、別に付き合うわけではないらしい。
　透さんのことで何か言われると思っていたけど、陽菜は翌日何事もなかったような顔をしていて、私に透さんとはどうだったのかと聞いてきた。
　どうやら陽菜は何も知らないらしい。
　透さんは大地さんに脅されて口止めされているのかもしれないけど、仕返しの矛先(ほこさき)が陽菜に向かうかもしれない。
　だから、私は大地さんに助けられたことにして、透さんに襲われかけたことを伝えた。さらに、透さんとはもう連

絡を取らないほうがいいと……。
　すると陽菜は信じられない様子だったけど、「わかった。透さんとは、もう連絡を取らないようにするね。なんか、ヤバい人を紹介してごめんね」と謝ってきた。
　透さんにされたことを思い出すだけでも吐き気がするから……もう考えたくもない。
「そういえば……翼の女になったんだって？」
「え!?」
「昨日、翼に聞いたんだ」
　翼、シホ先輩に言ったんだ……。
　ちょっと恥ずかしくなる。
「まさか美羽と翼が付き合うなんてねー」
「私もびっくりしてます……」
「でも、付き合ったばっかでこんなこと言うのもなんだけどさ、あいつと付き合うのは大変だよ？　今までの女を見てきたけどすぐに怖がっちゃってね」
「怖がる？」
「うちらの想像以上のことをしてるってこと。暴走族って気が狂った奴らが多いから」
「はい……」
　それは覚悟の上だった。
　この前、透さんを殴っていた時の翼は怖くて、私もどうしたらいいのかわからなかった。
　その時に初めて、総長としての顔を見たような気がした。
　でも、あのあとプリ機の中で翼がまっすぐに私の目を見

てくれたから……。
　私への気持ちに嘘はないって思えた。
　私は翼のことを信じている。
　何があっても、ついていこうって思う。
「でもまぁ……２人は絵になるよね。美男美女って感じで。美羽はかわいーから気をつけなよ？　幹部同士でも仲間同士でも女を奪い合うからさ……」
「はい……」
　その時、数台のバイクがすぐ近くまでやってきた。
　バリバリという音が耳に突き刺さって痛くなる。
「あ、旦那(だんな)じゃん」
　シホ先輩が冷やかすように私の腕を小突く。
　バイクから降りてきたのは翼と大輝と、他に知らない男の人が数人。
　翼は白い特攻服に身を包んでいて、なんだか別人みたい。
　笑顔で私の前まで来ると「元気なくね？」と言って、しゃがんで私の顔を覗(のぞ)き込んだ。
　なんかすごくカッコよく見えてしまうんですけど。
　数日前に会ったばかりなのに、胸がドキドキして目が見られない。
「元気……あるよ」
「ほんとかー？」
　グシャグシャと私の頭をかき乱す。
　それと同時に大輝がそばに寄ってきた。
「美羽〜まさか翼と付き合ってるとは思ってもみなかった

んですけど〜」
　少しふてくされたような顔で言う。
　そうだ……大輝にも告白っぽいのされていたんだった。
「ご、ごめん……」
「謝んなくていーし、大輝は誰でもいーんだから」
　そう言いながら翼が私の肩に腕を回した。
　キスだってした仲なのに、これごときで心拍数が上がるなんて……。
「誰でもよくねぇし！　マジで美羽のことは狙ってたのによぉ」
「へっへ〜！　ざんねぇーん！」
　まるで小学生のようにふざけ合っている。
　こんな無邪気な人たちが、本当にひどいことをしているのかな……。
　いまだに信じられなかった。
　そういえば……。
　この前、大輝が言っていた『耐えられっかな』って、なんのことなんだろう。
　総長の女としてやっていけるかってこと!?
「ちょっとこっち来いよ」
　翼が、やや強引に私を立たせる。
「翼ぁ、美羽のこと優しく扱ってよー？」
　シホ先輩がそんなことを言ってくれた。
「みんなに美羽のこと紹介してーから」
　肩を抱かれたまま、バイクの渦の中に入る。

正直、怖かった。
　踏み出す足が震えていた。
　私たちが中心で立ち止まると、バイクも一斉に止まった。
　ヘッドライトが眩しすぎて、みんなの顔を見ることはできない。
　でも、隣にいる翼の横顔はよく見えた。
　凛としていて、自信に満ち溢れているような、そんな顔をしている。
　私のことを軽く紹介すると、みんな一斉にエンジンを吹かした。
　何十台いるかわからない。
　こんなにたくさんの人を1人でまとめているんだ。
　信用されていなきゃできないこと。
　みんな翼を信じて、慕っているってことがよくわかる。

　その後、何人かとしゃべったけどみんないい人そうで、陽菜とかシホ先輩が言っていたような怖い感じの人はあまりいなかった。
　2人とも大げさに言っただけなのかな……。
「美羽ちゃーん」
　大地さんが女の子たちを連れて、私たちの近くにやってきた。
「大地さん！　あのっ、この前はお世話になりました……あのあと大丈夫でしたか……？」
「大丈夫だってー！　この前も言ったじゃん！　うちの

チーム名を出しときゃビビッてなんもしねぇから！」
　ケラケラ笑っていたが、私は笑えなかった。
　やっぱりPhoenixってすごい暴走族なんだ……。
　名前を出しだだけで、あの透さんがビビッてしまうくらい。
　その総長を翼が務めている。
　改めて翼のすごさを実感させられた。
「あのあと素直に帰したのかよ」
　翼が聞くと、大地さんは不気味な笑い方をした。
「まさか。個室にぶち込んで、俺がいいっていうまで土下座させてた。１時間くらいかなー。そしたら小便もらしてやんの！　ウケるべ!?　そのまま外に出してやったわ。通行人に見られるし恥だろうな〜あれは！」
「うっわ、趣味わりぃな相変わらず」
　翼はそう言いつつ、「いい気味だわ」と笑っていた。
　確かに透さんはひどいことしたけど……翼たちも、ちょっとやりすぎなんじゃないのかなって思う。
　この世界では普通のことなのかもしれないけど……私にはまだよくわからないことばかりだ。
「美羽、寒くねぇ？」
　翼がずっと肩を抱いてくれていたけど、確かにちょっと冷えてきた。
「うん、少し……」
「じゃ、あっためてやる」
　私の手を引いて、バイクの群れから少し離れた縁石に

座った。
　そして私を後ろから抱きしめてきた。
「少しはあったかいっしょ？」
「う、うん……」
　そんなことよりも、緊張して体が固まる。
「美羽のこと紹介したくねーけど、立場的にしなきゃねぇからさ……」
「紹介したくなかったの？」
「したくねぇよ。お前かわいーし」
　抱きしめる力が強まる。
　みんなのところから少し離れているとはいえ、丸見えの位置。
　たまにチラチラと視線を感じるのに、翼は平気な顔してくっついてくる。
「翼……見られてるよ……」
「見せてんだよ」
　そして、私の顎を掴むとキスしてきた。
　唇も冷たくなっていたのに、一気に温まる。
　翼のキスは長くて、苦しくなってしまった。
「翼……苦しいっ」
　少し唇が離れたと思ったら、今度は私を見つめてきた。
　それはとても悲しげな瞳で。
「美羽は俺から離れねぇ……よな？」
「え!?」
「あ、いや。なんでもねー」

フッと苦笑いを見せて私から離れた。
　　何？　今の……泣きそうな瞳……。
　　翼らしくない。
「翼ー！　ちょいこっち来てー」
　　少し離れたところからメンバーの１人が翼を呼び、翼は手を挙げた。
「わりぃ、ちょっと行ってくる」
「あ、うんっ」
　　翼の後ろ姿を見つめる。
　　さっきの悲しそうな瞳は見間違いだったのかな……。
『美羽は俺から離れねぇ……よな？』
　　それって、どういうこと……？

　　翼が友達と楽しそうにしているところを見つめていると、１人の男が近寄ってきた。
「つーさんの彼女さんっすよね？」
　　Phoenixの子かな。特攻服を着ているし。
「つーさんって翼のこと？」
「はいっ！　俺、後藤圭祐っていーます！　つーさんの２個下っす！」
　　圭祐って子はとても愛想がよくて、ずっとニコニコしていた。
「そーなんだ、よろしくね？」
「めっちゃ美人ですね……こんなきれいな人、見たことないです」

「そんなことないよ……」
「さすが、つーさんだなぁ。今まで付き合ってた人はみんな美人だったけど、今回は格別っすね」
　今までの彼女、みんな美人だったんだ……。
　ちょっと胸がざわついた。
「俺、つーさんに憧(あこが)れてこのチームに入ったんです。入る前から何度もつーさんには助けられてて……」
「そーだったんだ。圭祐は翼と知り合って長いの？」
「長いって言っても２年くらいですけどね。つーさんはすごいんですよー。幹部の人たちからも好かれてて、しょっちゅー顔を出しに来るんすよ」
「幹部？」
「幹部の人たちはおっかないっすよ、暴力団とも繋(つな)がってますしね。でも、つーさんとはめっちゃ親しいみたいで」
　圭祐がヒソヒソ声で話してくる。
　いろいろ聞くたびに胸がドキドキしていた。
「でも……翼はそんなに悪いことってしてない……よね？」
「まさかまさか！　してますよ〜！　俺らでも吐きたくなるよーなこと、平気でやっちゃってますよ」
　それがどんなことなのか知りたかったけど、聞きたくなかった。
　黙っていると、顔を覗かれた。
「大丈夫ですか？　やっぱこーゆーの無理っすか？　今までの彼女さんたちもダメみたいでしたもん」
　それはシホ先輩も言っていた。

元カノたちも怖がっていたって。
　大輝が言っていた『耐えられっかな』って……このことなの?
「あと〜……つーさんの背中、見ました?」
「せ、背中?」
「墨が入ってるんですけど、それ以外んとこにも切り刻まれたよーな跡がすげぇあったんですよ!」
「切り刻まれたような……跡?」
「はい、たまたまつーさんが半裸の時に会って、背中を見たら傷あって。でも怖くて誰も聞けないんすよね〜。いやー、あれはエグい」
　思い出しているのか、圭祐は顔を強張らせた。
　翼のことを知りたいのに、知れば知るほど怖くなってしまいそう。
「あっいろいろしゃべっちゃったけど、俺が言ったって、つーさんに言わないでくださいよ!?」
「うん……大丈夫」
「美羽さんってなんか話しやすかったからつい……今度また俺と話してくれますか!?」
「うん、もちろん……」
　そう言ったものの、もうそういう話は聞きたくないような気もする。
「美羽〜陽菜が来たよぉ〜」
　その時、シホ先輩と陽菜がこちらに向かって歩いてきた。
「じゃ俺はもう行きますね〜」

すると、そう言ってバイクの渦の中へと軽快に走っていった圭祐。
　あれ？　シホ先輩たちとは顔見知りじゃないの？
　それとも、シホ先輩たちが来たから気をつかってくれたのかな……。

「あれ？　今、行ったのって後藤圭祐？」
「はいっ、そうです」
　シホ先輩の顔つきが変わる。
「あいつ、いい子そうに見えて裏でいろいろやってるらしーから気をつけなよ」
「え？」
「まぁ、美羽には翼がついてるから大丈夫だと思うけど」
　その言葉に、隣で聞いていた陽菜が目を見開いた。
「翼がついてるって……どーいうこと!?」
　あ、ヤバい……。
　陽菜にはまだ言っていなかったんだった……。
「え？　美羽、翼と付き合ってること陽菜に言ってなかったの!?」
「は、はい……」
　次の瞬間、陽菜に胸ぐらを掴まれた。
「はぁっ!?　私が翼のことを好きだって知ってたくせに、陰で翼と付き合ってたの!?　もしかしてあのカラオケ行った時、すでに翼と!?」
　陽菜は、めちゃくちゃ怒っていた。

こんな陽菜は見たことがない。
「ご、ごめんっ……でも、カラオケに行った時はまだ付き合ってなかったよっ……」
「あんなに相談してたのに……心ん中で私のこと嘲笑ってたんでしょ!?」
「そんなことないっ……」
　本当は何度も言おうと思った。
　電話で言おうか、メールで伝えようか、やっぱり会って言おうか……。
　いろいろ悩んでいるうちに今日になってしまったんだ。
「ふざけんな！」
　陽菜の力が弱まることはない。
「ちょっと陽菜！　こんなとこでやめなって！　みんな見てんだろ!?」
　シホ先輩が止めに入ってくれた。
　まわりにいた子たちがジロジロと見てくる。
　ようやく陽菜は手を離してくれたけど、私のことを睨んでいる。
「裏切り者っ……」
　そう小さく呟いたのが聞こえて、胸が痛くなった。
　でも、傷ついたのは陽菜のほうで。
　今まで陽菜には隠しごとなんてなかった。
　なんでも言い合える仲だったのに……。
　どうしてもっと早くに言わなかったんだろう。
「このことはあとでゆっくり話し合いなよ、美羽だって悩

んでたんだろうし」
　シホ先輩がそう言ってくれたけど、陽菜の表情は変わらなかった。
　シホ先輩を真ん中にして、3人でしばらく座っていたけど会話はなくて。
　どーしよ……。
　陽菜、もう許してくれないかもしれない。
　その時、国道のほうから何台かバイクがやってきた。
　すごい音を立ててやってきたのは男ではなく……。
　髪が長い女の子を先頭に、全員が女の子。
　彼女らは翼がいる付近に行きバイクを停めた。
「あ、芽衣子たちだ」
　シホ先輩が立ち上がる。
「芽衣子……？」
「私のダチで、華月っていうレディースのアタマやってんだよ」
　レディース!?
　芽衣子さんって人は、きれいな長い黒髪だった。
　レディースの人って、もっと派手な髪型をしているのかと思ったら……芽衣子さんは、ごく普通の黒髪のストレートヘア。
　翼と同じ白の特攻服を着ている。
　遠くから見るとカップルに見えて、ちょっと心がモヤッとした。
「連れてくるから待ってて」

シホ先輩がその場を離れていく。

今、陽菜と2人っきりにされるのは気まずい。

陽菜は無愛想にずっとスマホに見入っていた。

まるで〝話しかけるな〟って言われているみたいで悲しくなる。

「あの……陽菜？　付き合ってること黙ってて本当にごめんね……？」

私は申し訳ない気持ちで言葉を絞り出すけど、思いっきりシカトされた。

しょうがないよね……。今度また改めて謝るしかない。

ザッザッザッと足音が聞こえたので顔を上げると、シホ先輩と芽衣子さんがやってきた。

芽衣子さんは近くで見ると女の人なのに迫力があって怖くなる。

「あんたが美羽？」

「は、はいっ」

よく見ると、黒髪に金色のメッシュが入っていた。

そして、すごいきれいな顔をしている。

「翼の女って聞いたけど。やっぱ美人だね」

芽衣子さんの切れ長の目が優しく笑った。

女の私でもドキドキしちゃうくらい、ものすごいオーラがあった。

「てか今日はなんかあったの？　あんたがPhoenixの集会に来るなんて」

シホ先輩がそう言うと、芽衣子さんはため息をついた。

「最近、翼の名をかたって悪さしてるヤカラがいるらしくてさ、そのことを知らせにきたんだよ。ついでに女ができたって聞いたから、どんな子かと思って見に来た」
　そう言いながら、チラッと芽衣子さんが私のほうを見たのでドキッとする。
「マジで!?　そいつら何しでかしたの!?」
「女に声かけて強姦したりしてるらしーんだよね」
「はぁ!?」
「でも、もうアシついてるから。翼に聞いたらわかってたみたいでさ、今そいつら捜索中だって」
「逃げてんのか……そんなことしたって無駄なのに」
「ああ。見つかったら生きて帰れないだろうね」
　私は、暴走族のことなんて知らないから下手に口出しできないし、2人のやりとりを黙って聞いていることしかできなかった。
　だから心の中はもどかしい気持ちでいっぱいだった。
　圭祐に言われたこともあるけど……私なんかに翼の彼女が務まるのかな。

　芽衣子さんはシホ先輩と話し終えると、また翼たちのところへ行ってしまった。
　後ろ姿も凛としていてカッコいい。
　私もあんな人になりたいな……。
「芽衣子のことが気になる？」
　芽衣子さんの後ろ姿を眺めていると、シホ先輩にそう言

われた。
「芽衣子は情に厚い女だよ。自分も過去にいろいろあったからね。レディースなんてやって怖そうに見えるかもしんないけど、すごく優しい女だよ」
　シホ先輩の言っていることが頷ける。
　笑った時の芽衣子さんの瞳は優しかった。
　だから、怖いというより憧れのほうが大きくなったんだ。
「私、眠くなってきたから先に帰ります」
　後ろで陽菜が伏し目がちにそう言った。
「あ、じゃあ私も帰るよ。美羽は翼がいるから大丈夫だよね？」
「はい……」
　シホ先輩は陽菜の肩を抱いてその場を去っていった。
　シホ先輩にも気をつかわせちゃったなぁ……。
　私がもっと早く陽菜に付き合っているってこと言っとけば、こんなことにならなかったのに。

　あれからどのくらいたったのかな。
　もう２時すぎている。
　でも、翼たちは帰るそぶりすら見せない。
　こういうのが毎回朝方まで続くんだろうか。
　その時、浅野さんからメールが来た。
　彼は最近、夜中に会いたいと言ってくる。
　奥さんがいるから、寝たあとにこっそり抜け出してくるんだそうで。

そこまでして私に会いたいのかな……。
　でも翼と付き合い始めたし、もうこの関係も、ウリもやめないと。
　今日で最後にするつもりで、浅野さんに返事を送る。
　翼には帰るって言わなきゃ。
　たくさんのバイクの中に飛び込むのはまだ慣れない。
　でも、慣れなきゃいけないよね。
「翼っ!!」
　そう叫ぶと、他の人たちと話していた翼がすぐに私のもとに来てくれた。
「私もう帰るね？　眠くなってきたし」
「マジか、てかシホたちは？　一緒だったよな？」
「結構前に陽菜と帰ったよ」
「はぁ!?　じゃ、今までお前1人でいたのか!?」
「え、うん……」
　突然、真面目な顔をする翼に驚く。
「なるべく1人になんな。1人になる時は俺んとこ来い」
「え、でもチームの子がまわりにいたし……」
「いーから」
　翼が私の肩を抱いた。
「今日とか人数も多いし誰が紛れ込んでるかわかんねぇんだから。気をつけろよ？」
「う、うん……わかった」
　翼は、強くて頼もしい男だった。
　そして、何よりも私を大事にしてくれている。

そんな人を絶対に裏切りたくない。
だから今日、浅野さんに会って話そう。
話せばわかってくれるはずだもの。
浅野さんとの関係を終わらせて、隠しごとをなくしたい。
私はタクシーで浅野さんのもとへと向かった。

裏切りの代償

　浅野さんは、初めてのお客さんだった。
　陽菜に誘われて軽い気持ちでやってみたけど、いざ男の人を目の前にしたら怖くなって逃げ出したくなった。
　でも浅野さんは、そんな私のことを見抜いていて。
　すごく優しかった。
　そう、浅野さんはどこかお兄ちゃんに似ていたんだ。
　大人で、すべてを包み込んでくれるよーな、そんな人。
「またこんな夜中に呼び出してごめんね？」
「ううん、大丈夫です」
　私たちはいつものホテルに入った。
　浅野さんがテーブルにキーを置いたところで話を切り出した。
「あの……浅野さん、話があります」
「話？」
「私との関係を終わりにしてくれませんか？」
　私の言葉に、時が止まったように呆然と見つめてくる浅野さん。
「彼氏ができたので……もうこういうのやめようと思うんです」
「そうか……彼氏ができちゃったんだね……」
「はい……隠しごととか、もうしたくないので……」
「わかった……と言いたいところだけど、俺も諦めきれな

いな」
「え？」
「俺も本気だから。嫁さんとの離婚も考えてるくらい本気だったから」
　びっくりした。
　浅野さんが離婚を考えているなんて、想像もしていなかった。
「出会った頃、嫁さんとあんまうまくいってなくて、最初はちょっとした浮気心で美羽ちゃんとしちゃったんだけどさ、君は俺の心の中ですぐに大きな存在になったんだよ」
　私は驚いて言葉が見つからなかった。
「美羽ちゃんは今、実家じゃなくて先輩と暮らしてるって言ってたよね？　お金に困ってたからウリしてるんでしょ？」
「はい……」
「彼氏は同い年かな？　このことは知ってるの？」
「ウリのことは知りません……」
「だよね。俺なら美羽ちゃんのこと受け止めてあげられるよ。包容力だってある。でも彼はまだ若いし、そんな力も覚悟もないんじゃない？」
　そうかもしれない。
　そうかもしれないけど……。
「もう一度、よく考えてみてごらん。どっちが幸せなのか。俺はいつでも君のためなら離婚できるから」
　浅野さんの目があまりにも真剣で、目をそらせなかった。

遊びだと思っていたのに、こんなに真剣に考えてくれていたなんて。
　答えは決まっていたけど、真剣に思ってくれている浅野さんになんて言ったらいいのかわからなかった。
　何をどうしても、浅野さんを傷つけることになっちゃうんだ……。
　結局、この日は体を重ねることなく、私たちはただ同じベッドに寝た。
　浅野さんといるとすごく落ちつく。
　お兄ちゃんが生きていたら、こんな感じだったのかな。
　昔からお兄ちゃんだけは私の味方だった。
　だから私はあんな家でも頑張ってこれたんだよ。
　なのに、どうして死んじゃったの……。
　浅野さんが眠っている横で、私も深い眠りについた。

　翌朝、シホ先輩のアパートに帰ると陽菜が学校へ行く用意をしていた。
　シホ先輩は、すでに仕事に行ってしまっていて部屋には陽菜しかいなかった。
　昨日のことがあったから、気まずい。
　でも、ちゃんとわかってもらわなきゃ。
「陽菜……おはよ」
　陽菜は座ってメイクをしていたけど、一度も私のほうを見ようとはしない。
「今日……一緒に学校行かない？　私も今から用意するか

らっ」
「……浅野さんと会ってきたんでしょ？」
「え？　あ……うん」
　ようやく陽菜が話してくれて、少しホッとした。
「彼氏ができたのによく浅野さんと会えるよね」
「うん、だからもうウリはやめようと思って話してきたんだけど……」
「私、美羽としばらく距離を置きたいから。シホ先輩にも言ってあるけど、今夜から違う先輩の家に行くし」
「えっ陽菜、ちょっと待ってよ！　話があるんだけどっ」
「話？　私はなんもないから。裏切り者とはもう話もしたくないし」
　陽菜は、そばにあった少し大きめの荷物と学校用のバッグを持って立ち上がった。
「陽菜！」
　私が駆け寄っても無視して出ていってしまった。

　陽菜……ものすごく冷たい目をしていた。
　話も聞いてくれないなんて……もう私のこと、許してくれないのかな……。
　力なく床にぺたんと座ると同時に、スマホが鳴った。
　翼だ……。
「はい」
≪うわっテンションひくっ！≫
「そう……？」

≪あのさ、今日仕事終わったらそっちいってい―？≫
「うん……い―けど、どーしたの？」
≪別にどーもしねぇけど、美羽に会いたくなって≫
「今日会ったばっかじゃん」
≪あんくらいじゃ足りねぇよ。い―から、学校終わったらまっすぐ帰ってこいよ？≫

　翼はストレートに思いをぶつけてくる。
　それに少し戸惑ったりもするけど、やっぱりうれしい。
　ウリをしていたってこと……翼には言いたくない。
　バレたらなんて言うだろう。
　軽蔑されちゃうのかな……。

　学校が終わって18時すぎにアパートにつくと、翼がドアの前で座っていた。
「おっせーよ」
「ごめんっ委員会の集まりがあって……」
「ブッ。ふりょおのくせにそ―ゆうのは出んだ？」
「不良じゃありませんっ!!」
　翼は特攻服ではなく、仕事着だった。
　特攻服じゃないと、普通のカッコいい男の子なんだけどな……。
　カギを開けて部屋に入るなり、後ろから抱きしめられた。
「翼!?」
「ちょっと充電させてよ」
　ぎゅーっと抱きしめられると、心も満たされていく。

抱きしめられたまま部屋に入り、私たちは敷いてあった布団に倒れ込んだ。
「翼……シホ先輩が帰ってくるし……」
「別に変なことしねぇよ。ただくっついていたいだけ」
　そう言っていたのに、翼は私の顔中にキスしまくった。
「かわいー。美羽」
「翼……もうやめ……」
「あー、食いてぇな」
　見下ろしてくる翼の顔がすごくきれいで、ドキンと胸が高鳴った。
　翼がゆっくりと私のブラウスのボタンを外していく。
　ダメだと頭の中で思っていても、抵抗できなかった。
　翼も自分の作業着を脱いだ。
　その時、目に入ったのが胸元にあった入れ墨だった。
　圭祐の言葉を思い出す。
『切り刻まれたよーな痕がすげぇあったんですよ！』
「や、やっぱりダメーっ」
　ドンッと力いっぱい翼を押し上げた。
「わ、私たちまだ付き合ったばっかだし！」
　起き上がって、乱れた息と服を整える。
「はぁ～美羽は見かけによらずピュアだよな。ま、それがいーんだけど」
　すると、翼も起き上がって私の肩に腕を回した。
「ごめんね……」
「別にー？」

本当にごめん、翼……。
　入れ墨を見た時、恐怖のほうが勝っちゃったんだ。
　私……翼のこと全然知らない。
「ねぇ翼……変なこと聞いていい？　なんで暴走族に入ったの？」
　翼は無言で私から離れると、ポケットからタバコを取り出し火をつけた。
　触れちゃいけないことだったのかな……。
「そーだな。美羽は俺のことなんも知らないんだよな」
「う、うん！　翼のこともっと知りたいから……」
「俺、父親に捨てられたんだよね」
「え!?　父親に捨てられたって……お母さんは？」
「母親は日本人じゃなくてイギリス人でさ」
　だから瞳がグリーンなんだ。
　薄々気づいていたけど、カラコンじゃなかった。
「でも俺を産んですぐに死んだんだよね。心臓の持病があったらしく俺の命と引き替えに死んだっぽい」
「そうだったんだ……」
「マンガやドラマみたいな世界だろ」と、翼が笑う。
　でもその笑顔の奥には悲しみが見え隠れしていた。
「だから俺は母親の記憶がないわけ。父親のは思いっきりあるけど。最悪な父親だったしな」
　少しイラついた様子で眉間(みけん)にシワを寄せた。
「あいつは散々俺を虐待して……あげくの果てに捨てたんだよ」

私は言葉をなくした。
　　父親に捨てられた……!?
「13歳くらいの時だっけかな。学校から帰ったら家はもぬけの殻でさ。親父はどっかに逃げたらしくて。あん時の喪失感っていったら……忘れらんねえ。そのあとダチと街うろついてたらPhoenixの今の幹部の人に拾われて、今の俺があるって感じだな」
　　淡々と話す翼に驚いた。
　　辛（つら）い話のはずなのに、笑っている。
「やっぱ引いた？」
「ううん……びっくりしただけ。お父さん、どこにいるかわからないの？」
「しんねぇ。別に会いたいとも思わねぇし」
　　翼のお父さん、ひどい……虐待していただなんて……。
「美羽は？　家出してんだろ？　帰んなくていーのかよ」
　　急に振られてドキッとした。
「うんっ……うちは前から仲悪くてさ。私がいなくなっても捜しにすら来ないもん。娘がどこで何しているかなんてどーでもいーんだろうね」
　　翼がタバコを消して、私を横から抱きしめた。
「こんなかわいー娘を放っとくなんて何を考えてんだか」
　　翼の香りがする。
　　抱きしめられるとホッとして落ちつく。
　　私の唯一の居場所なんだ。
　　もっといろいろ知りたいけど、やっぱり聞けずにいた。

だってさっきも笑っていたけど、悲しそうな顔していたんだもん。
　嫌なこと思い出させちゃったかな……。
　そんな顔はもう見たくない。
　翼にはいつも笑っていてほしい。
「待ってろ。もー少ししたら俺も自分でアパート借りるつもりだから。そしたら一緒に住もっか？」
「翼……」
「俺はお前を1人にはしねぇーから」
　優しく私の髪を撫でる。
　グリーン色の瞳がきれいで、吸い込まれそうになった。
　ピリリリリ……。
　突然、翼のスマホが鳴った。
「芽衣子……？」
　ドキッとした。
　芽衣子さんって……レディースのだよね？
「わりぃ、ちょっと出るわ」
「う、うん……」
　電話に出ると、さっきまでの優しい顔とは一転、総長の顔になった。
　そしてだんだん険しくなっていく。
　何かあったのかな……。
　電話の主が芽衣子さんだと知って、さっきからモヤモヤしている。
　やだな…….私って心が狭い。

「わかった。すぐ行くわ」
　電話を切ると、私の顔を見た。
　何があったのか、ドキドキが止まらない。
「ちょっと捜してた奴らが見つかってさ。今から行かなきゃなんねぇ」
「もしかして……翼のフリしてたっていう人たち!?」
「知ってたのか?」
「この前、芽衣子さんから聞いて……」
「……そっか。今、芽衣子たちが取り押さえてるらしいんだよね」
　今から芽衣子さんのところに行くんだ……。
　そう思ったらソワソワして、いてもたってもいられなくなった。
「私も行く!」
　翼が目を丸くした。
「はぁ!?　美羽はここにいろよ、終わったらまた来るし」
「行きたいの!　私だって一応……頭の女でしょ?」
　翼は少し考えてから頷いた。
「いいけど。見たくねぇもんまで見ることになっかもよ?」
「大丈夫っ!　覚悟してるからっ」
　本当はものすごくドキドキしていた。
　でも、翼のこともっと知りたい。
　翼はフッと笑い、私の手を取った。

　バイクで向かった先は、近くの海岸だった。

この辺は夕方になると人気もなくなる。
　だからこの場所を選んだのかな……。
　薄暗くなり、あたりが見えづらくなっていたけど、砂浜には数台のバイクが停まっていた。
　芽衣子さんたちのバイクかな……。
　私たちが海岸についたのと同時くらいに、Phoenixの子たちも何台か来たっぽい。
「翼！　あいつら見つかったんだって!?」
　大輝のバイクが私たちの前に停まった。
「ああ。芽衣子が見つけたらしい」
「マジかよ、すげぇな……って！　美羽まで来たのか!?」
　大輝は、翼の後部座席に座っていた私を見て驚いていた。
「うん……来ちゃった……」
「おい翼っ……」
　大輝は不安そうな顔で翼のほうを見ている。
　なんでそんなに焦っているの？
「美羽。やっぱ大輝とどっか行ってろ」
　翼が振り向いて私に言った。
　その顔はすでに頭の顔になっていて……少し怖かった。
「え……なんで!?」
「大輝、終わるまで美羽とどっか行っててくんねぇ？」
「お、俺は別にいーけど……」
　大輝がチラッと私を見る。
「やっぱ危ねぇとこにいさせたくねーんだよ。美羽もいーよな？」

「う、うん……」
　それじゃついてきた意味がない。
　本当は嫌だったけど、今の翼は有無を言わせないようなオーラを放っていた。
　翼は芽衣子さんたちのほうへと行ってしまった。
　私は結局、蚊帳の外なの？
　ケンカなんてできないけど……。
　芽衣子さんは翼と対等でいられるのにな。
　嫉妬してしまう自分が嫌い。
「美羽さ……よくついてきたよな……」
　私は大輝のバイクに乗せられて、離れたところまでやってきた。
「だって……翼が心配だったから。なのにこれじゃ意味ないよ」
「いや、美羽は見なくてよかったと思うよ」
「え？」
「俺らのやり方は、ほんと半端ねぇから。死にたくなるくらいまで相手を追い詰めて、ボコボコにして、そんで捨てるからよ」
　大輝の顔は強張っていた。
「そ、そうなんだ……翼、そんなことしちゃうの？　普段はあんなに優しいのに」
「俺だってたまに翼が怖くなんだよ。でもそれがPhoenixのやり方だから。誰もあそこまでできなかったけど、翼ならできんだよ」

翼にしかできない……。
　ふと、この前のカラオケ屋での出来事を思い出していた。
　あの時も透さんに殴りかかって、容赦なくボコボコにしていた。
　大地さんはあれでも抑えたほうって言っていたけど、私にとっては恐怖でしかなかったし、あれ以上のことをやっていると思うと心配でたまらない。
　それを、もしあの場で見ていたら……。
　私どうなっていただろう。
「それに翼は美羽のことが心配で遠くに行かせたんだと思う。翼の女が美羽だってこと相手が知ったらいろいろとやべーしな」
　そんなこと、どうでもよかったのに。
　私はただ、翼のことが知りたかった。
　でも、大輝から話を聞いただけでも心臓がバクバクしている。

　しばらくして、翼がバイクでやってきた。
　無事でホッとしたのもつかの間、その後ろのバイクに乗っていた芽衣子さんを見てドキッとする。
　なんで芽衣子さんも一緒に……？
　私たちの前でバイクが停まると、翼はニヤッと笑った。
「大輝どーもなー」
「おう、早かったな。奴らは？」
「圭祐たちが連れてった」

圭祐って……この前、話した男の子だよね。
　どこに連れていったんだろう……。
「意識あんだろーなー？」
「ん～～～」
　翼が苦笑いしている。
　胸がドクドクと鳴っていた。
「で？　芽衣子さんはどーしたの？」
　大輝が芽衣子さんに問いかけた。
　芽衣子さんは私たちのほうを見てゆっくりと降りた。
「ちょっと美羽ちゃんに話があってね」
　目が合ってドキッとする。
　私に話……？
「そーなんだよ、急に話したいって言うからさ」
「女同士でいろいろ話したいんだよ。大丈夫、取って食ったりしねぇから」
「芽衣子なら取って食いそうだな」
「はぁ!?」
　芽衣子さんが翼の背中をバシッと叩く。
　それだけで、胸の中のモヤモヤが広がっていく。
　ツバサニサワラナイデ。
　その言葉をのみ込んだ。
「でもまぁ、今回は芽衣子さんのお手柄だよな」
　大輝が翼の肩に手を回した。
「だな。芽衣子にはマジで感謝。こんなに早く奴ら見つかると思わなかったし」

「だろ？　うちら華月の手にかかれば、こんなのチョロイし」
「ったく、すぐ調子に乗るよなーっ」
　翼が芽衣子さんの首をしめるそぶりを見せて、ふざけ合っている。
　3人は笑っているけど、私だけは笑えなくて……。
　私の顔、今すごく醜いと思う。
　見られたくない……。
　なのに、再び芽衣子さんと目が合ってしまった。
「じゃ、うちら話あるからさ、あんたらどっか行ってよ」
　芽衣子さんが追い払うように手をパタパタさせた。
「へいへーい」
「終わったら早く帰れよ」
　翼と大輝が自分のバイクにまたがる。
「美羽、またな」
　私に向けられた翼の笑顔に胸がキュンとした。
　この優しい笑顔が好き。
　大好きだよ。

　翼と大輝が去ったあと、その場が静かになった。
　何も話さない芽衣子さんに緊張が増していく。
　話ってなんだろう……。
　私の隣で、芽衣子さんがタバコに火をつけた。
「美羽ちゃん」
「は、はいっ」

「単刀直入に言うけどさ……ウリしてんだって？」
　全身の血の気が引いた気がした。
　どうして……。
　どうして芽衣子さんがそのことを知ってんの!?
　私は言葉が出てこなくて、ただ下を向いていた。
「あんたのダチが言ってたんだよ。陽菜……だっけ？」
「は、陽菜が!?」
「うん、今日からうちのメンバーの家に泊まるらしーんだけど、昼間に来てさ。あんたのこと全部暴露してったよ」
　嘘……。
　学校に行ったと思っていたのに、芽衣子さんたちのところに行っていたんだ……。
「あいつあんたのダチなんだよな？　ケンカしてるわけ？」
「ケンカっていうか……」
「翼と付き合ってんのに、いまだに客と寝てるとか言ってたけど。ほんとーのところはどーなの？」
「え……」
「私は噂とか信じねぇタチだからさ。本人の口から聞いたことしか信じねぇんだよ」
　芽衣子さんの目があまりにもまっすぐに私を見ているから……怖くなった。
　浅野さんに最後にしようと説得しに行っただけだけど、会っていたのは本当のことだし……。
「はい……陽菜の言うとおりです」
「マジか……」

芽衣子さんの顔が見られなかった。
「翼は知らねーんだろ？」
　コクンと頷くと、ため息をつかれた。
「私はさ、風俗とか体で金稼ぐ奴に偏見を持ってるわけじゃない。そいつにはそいつの生き方があるからそれをどーこう言うつもりもない。……でもさ、翼と付き合ってんのに裏でそーゆーことしてるってなると、話が別なんだよね」
　私はグッと唇を噛んだ。
　誤解されても仕方ないことをしたんだ……。
　芽衣子さんにそう言われてもしょーがない。
「あいつが傷つくところ、もう見たくないんだよ」
「え……？」
「あんたはさ、あいつがどんな思いで頭やってるか知らないでしょ？」
　どんな思いで……、なんて知るわけがない。
　だって翼はあまりこの世界のこと言わないんだもん。
「正直さ、あんたと翼は最初から無理だと思ってた。あんたは世間知らずのお嬢ちゃんみたいだし」
「そんなことありません！　暴走族のことはよくわからないけど……翼のこと大事にしたいと思ってます！」
「それでよくウリなんかやれるよな？　翼のこと裏切ってるくせに」
　ズキンと胸が痛んだ。
「そ、それは……」
「もういーから。情が深くなる前にとっとと別れな？　翼

には私から言っとくから」
　芽衣子さんがバイクにまたがった。
「あ、待ってください!!」
　私の声はバイクの音でかき消されてしまった。
　１人取り残された私は呆然とその場に立ち尽くす。
　お父さん、お母さん、お兄ちゃん、陽菜……。
　そして翼。
　みんな私の前から消え去っていく。
　でも全部私が悪いんだ。
　いつの間にか頬に涙が伝っていた。
　芽衣子さんの言うとおり、私は翼を裏切ったんだ。
　理由がどうであれ、浅野さんと会ったのは本当のこと。
　私が言い訳するのはおかしいよね……。

　その日は、どうやってシホ先輩のアパートにたどりついたのかは覚えていない。
　私は涙で顔がぐちゃぐちゃになっていたようで、シホ先輩はかなり驚いていた。
　でも、シホ先輩は私を問い詰めたりしない。
　ただ優しく抱きしめてくれた。
　だから余計に涙が溢れたんだ。
　その後、翼から何度も着信があったけど出られなかった。
　出られるわけがなかった。
　きっと芽衣子さんからいろいろ聞いたんだろう。
　私のこと怒っているかな？　軽蔑したかな……？

別れ話だとわかっているから、怖くて電話に出られなかった。
　シホ先輩にも協力してもらって、しばらく私と翼が会わないようにしてくれた。
　そのうちに電話も来なくなって……私の心は空っぽになってしまった。
　これでいい……んだよね？
　翼に嘘ついていたバツなんだ。
　うん、翼にはもっとちゃんとした子が似合う。
　芽衣子さんみたいな……。
　気持ちを切り替えたつもりでも、考えると涙が出てくる。
　忘れるには時間がかかるみたいだ。

空っぽの心

　あの日から1週間がすぎた。
　翼とは連絡を取っていない。もちろん、浅野さんとも。
　浅野さんからは何度かメールが来たけど、体調が悪いとごまかした。
　もうウリは一切していない。
　私はウリで稼いでもお金をほとんど使わずにとっておいたから、そこからシホ先輩に生活費を払っている。
　何もする気が起きなくて、毎日ただアパートと学校を往復する日々が続く。
　なんのために生きているのかも、わからなくなっていた。
　そんなある日、学校から帰るとアパートの前に1台のバイクが停まっていた。
　それが翼のバイクによく似ていたからドキッとした。
　でも……これは翼のバイクじゃない。
　すぐ横でしゃがんでいる人物を見て驚いた。
　圭祐ーーー？
　圭祐は私の顔を見て立ち上がる。
「お久しぶりですっ」
「あ……うん、久しぶり……」
　圭祐が、なんの用!?
「突然すみません……美羽さんと話がしたくて」
「うん……何？」

「つーさんと別れたんすか？」
　私はコクンと頷いた。
「翼、元気……？」
「いや、元気ないっすよ。最近ボーッとしてること多いっすもん」
「そっか……」
「なんで別れたのか知りませんけど……つーさんのことはもうなんとも思ってないんすか？」
　思っていないと言ったら嘘になる。
　でも……少しずつ前に進まなきゃいけない。
「私はもう、ふっきれてるよ」
　無理やり笑顔を見せた。
「よかった……」
　すると圭祐の顔も笑顔になる。
「え？」
「いやー。俺、美羽さんに一目惚れしたみたいで。どーしてもそのこと伝えたくてここに来たんです」
「そ、そうなんだ……」
　驚いた。
　この前、話した時はそんな感じしなかったのに……。
「別れたばっかでなんですけど、俺のこと考えてほしーんです」
「うん……でも……」
「やっぱ、つーさんのこと忘れられませんか？」
「そーじゃないけどっっ」

「あんな訳ありな奴どこがいーんだか」
　ボソッと圭祐が呟いたのを聞き逃さなかった。
「え!?」
「あの人、確かにケンカ強いしすげーけど、いろいろヤバいっすよ？　この前、聞いた話だと組のモンとも繋がってるらしくて、少しでもヘマすると八つ裂きにされてるみたいで」
「や、八つ裂き……？」
「つーさんを身動き取れないようにしたり監禁したりしてボッコボコにするらしーっすよ？　あの背中にあった傷、たぶんそいつらにやられたんすよ」
「そんなっ……どうしてそんなことっ」
「詳しくは知りませんけど……でもつーさんなら数人相手でも1人で楽勝なはずなのになんでやられっぱなんすかね？　相手よっぽどつえーのかな」
　それが本当なら……翼はいつか死んじゃうよっ……。
　想像したら体が震えた。
「だからそんな奴のことなんて忘れましょうよ」
　肩に手を置かれた瞬間のことだった。

「圭祐」
　聞き覚えのある声。
　心臓を、ぎゅっと掴まれた感じがした。
「翼……」
　振り返るとそこには翼が立っていた。

「つ、つーさんっ!?」
　圭祐の顔が強張っていく。
「なんでここにいんの?」
「い、いや……」
「チームの奴らが話してんの聞いたんだけど。お前がここに行くってこと」
　翼が圭祐に迫っていく。
　睨んでいるわけでもないのに、圭祐はひどく怯えていた。
「み、美羽さんに話があって……」
「へぇ。なんの話?」
「うっ……。す、すみませんでした!!」
　圭祐は翼に一礼すると、慌ててバイクに乗って去っていった。

　その場に残された私は逃げることもできずにいた。
　久しぶりに見る翼は少し痩せた気がする。
「つーかさ、なんなの?」
「え!?」
「何、勝手に別れるとか決めて、音信不通にしてんだよっ」
　私の目の前に立ち、見下ろされた。
　イラついているようで、少し怖くなった。
「ごめんっ……でも芽衣子さんからいろいろ聞いたでしょ!?　私っ……」
「そんなの最初っから知ってたしっ」
「え!?」

顔を上げると、まっすぐに私を見つめる翼がいた。
「初めて美羽を送った日、男とホテル入るとこ見たから」
　驚きで声が出なかった。
　あの日、見られていたの!?
「やっぱさ、気になってる女をあんな時間に外に出すなんて心配じゃん」
「翼……それなのに私と付き合ったの？　軽蔑しなかったの!?」
「するわけねぇから。そんなんで嫌いになんかなれっかよ。美羽だって訳があってやってたんだろ？」
　心臓を、ぎゅっと鷲掴みにされた感じ。
　翼はこういう人なんだよね……。
　そういえば透さんが翼に『体を売ってる』って言おうとした瞬間、殴ったんだ。
　あれって言わせないようにしてくれたのかな……。
　翼はあの時すでに知っていたんだもんね。
「うん……私、家出してるし……バイトできないからあれしか稼ぐ方法なくて……。でも翼と付き合ってやめようと思った。それは本当だよっ!?　ちゃんとケジメをつけるために話しに行っただけ……」
　翼はまっすぐに私を見つめてくれている。
「でもこんなこと……信じないよね……」
　私の両頬に手を添えておでこをくっつけてきた翼。
　その行為にドキッとする。
「俺はこれから美羽の言葉しか信じねぇ」

「翼っ……」
　その言葉がうれしすぎて胸が締めつけられた。
「だからさ、これから勝手に俺から離れるの禁止。そんで圭祐と話すのも禁止。オッケー？」
「えっ」
「あいつ告ってきたんだろ？」
「知ってたの……？」
「圭祐の顔を見りゃわかる。あいつお前のことかわいいって騒いでたし」
　今なら……聞いてもいいかな……。
「あのねっ……圭祐から聞いたんだけど……翼、ヤクザの人たちからひどいことされてない……？」
　翼の顔色が変わったのを、私は見逃さなかった。
「私……翼が心配で……」
　私は芽衣子さんみたいに強くないし、何も力になれない。
　それがすごくもどかしくて……辛くなる。
　胸が苦しくなって、泣けてきた。
　翼が辛い思いしているのなら、分かち合いたいと思う。
　でも翼はどう思っているのかな……。
　ずっと黙ったままだし……。
「私……頼りない？　……翼の役に立てないのはわかってるけど……少しでも翼のこと知りたいの……」
「美羽はきれいだから汚したくねぇんだよ……」
「え……」
　私を見つめたその目のほうが、きれいすぎると思うんだ

けど……。
「この世界は汚すぎる。だからお前には正直見せたくねぇ。傷ついてほしくねぇんだ」
「そんなこと……!!　私は翼が好きだからっ本当に大好きだからっ翼の痛みも苦しみも全部知りたいんだよっ！　怖くないって言ったら嘘になるけど……でも覚悟はできてる。だから……話してほしいの」
　翼はしばらく私のことを見つめたあと、ゆっくりと抱きしめた。
「この前……Phoenixの幹部に拾われてこの世界に入ったって言ったじゃん？　その時……約束させられたんだよ。面倒見てやるかわりにしっかり働けってね。上から指令がきたらどんなことでも引き受けなきゃなんねぇんだ。それがどんなに危険なことでも」
「危険なことって……」
「他の組のもんの引き抜きに付き合わされたり……いろいろな。とにかく俺はいいように使われてんだよ。情けねぇけど……」
「そんな！　なんで翼が!!」
「何回も逃げようとしたけど……そのたびに連れ戻されてさ。……もう俺はあいつらからは逃げられねぇんだよ」
　言葉が出てこない私を見て、フッと笑った。
「怖くなったっしょ？　こんな奴なんかと付き合いたくねぇって思った？」
　圭祐が言っていた……背中の傷のこと……。

それってやっぱり……。
「そんなこと聞いても翼に対する気持ちは変わらない……でも、翼が辛い目に遭ってるのは嫌だ！　その人たちから暴力受けてるの!?」
　翼が、ふっと目をそらす。
　今まで目をそらされたことはなかったのに。
　本当なんだ……本当に翼はその人たちにっ……。
　私は翼の服をめくった。
「急に何すん……」
　一瞬にして心臓が凍った。
　翼の背中には数えきれないくらいの傷痕が残っていた。
　古傷もあれば、新しいまだ治っていない傷まで。
「これ、その人たちにやられたの……？」
　翼は黙っていた。
　でもそれが答えなんだろう。
「こんなの……ひどすぎるっ」
　涙が止まらなかった。
　翼はお父さんから虐待されていたと言っていた。
　古い傷はその時のものだと思う。
　それだってすごく辛いことなのに、今もこんなことされているなんてっ……。
「うぅっ……ヒック……っ」
「泣くなよ……だから言いたくなかったのに」
「翼っ……」
　私は翼の背中の傷を撫でた。

「どうして……翼だけがこんなに辛い目に遭わなきゃいけないの!?」
　翼はどんなに辛くても、いつも笑顔でいてくれた。
　私は何もわかっていなかったんだ……。
「私、強くないけど……どうしたら翼の役に立てる!?　何かできないかな!?　あっ……警察に相談してみるとかっ」
　正面から、ぎゅっと強く抱きしめてくれた。
「んなことしたら……Phoenixの奴らまで捕まっちまう」
「でも……これじゃずっとっ」
「いんだよ……美羽がこうやって俺のために泣いてくれただけで、俺は救われる」
　すぐ目の前にある翼の瞳が潤んでいるようにも見えた。
「こんな俺だけど……ついてきてくれんの？」
「うん……」
「引き返すなら今だけど」
「無理だよもう……翼がいなきゃ無理……」
　少し離れてわかったこと。
　いつの間にか、自分では気づかないうちに私の中で翼の存在が大きくなっていたんだ。
　それがなくなって、空っぽになっちゃった私は、魂の入っていないただの入れ物のようだった。
　そう、あの時と似ている。
　お兄ちゃんが死んだと知った日……。
　私はあまりにもショックで、涙も出なかったっけ。
　でも泣きたくなかった。

泣いたら、お兄ちゃんの死を認めちゃうような気がして。
「美羽……ありがとう」
　翼の腕の中は温かい。
　私はこの人を幸せにしたいと、この日に決めたんだ。
　お兄ちゃんは守れなかったけど……。
　翼のことは守ってみせる。
　だからお兄ちゃん……。
　どうか私に力を貸して……？
「翼……私、翼とならお兄ちゃんに会いに行けるかもしれない」
「お兄ちゃん？」
「うん……去年、突然死んじゃったの。私のお兄ちゃん……でも、死んだことを受け入れられなくて今までに一度もお兄ちゃんのお墓に行ったことなかった。私、今なら……翼となら一緒に行けるかもしれない」
「マジか……辛かったな……。兄貴と仲よかったのか？」
「うん。出来のいいお兄ちゃんとはなんでも比べられたけど……お兄ちゃんは私の一番の理解者で、唯一の味方だったんだ……」
「へぇ……なんか悔しいな。今は俺が美羽の一番の理解者でいたいけど」
　そう言って抱きしめる腕に力を込めた。
　苦しいけど、心地よい苦しさ。
「でもさ……兄貴も悔しかったと思うけど。急に自分がこの世から消えるなんて思わなかっただろーからな……。そ

んで大好きな妹にも死を受け入れてもらえなくて……辛いんじゃねーの？」
　ドキッとした。
　確かに私はお兄ちゃんの死から目を背けていた。
　お葬式の時も必死に違うこと考えていたし。
　気がつくと、いつもお母さんが泣いていた。
　それを見るのが嫌で嫌で……私は家を出たんだ。
「よし……兄貴の墓に行くか」
「ついてきてくれるの……？」
「あたりめーだろ。ちゃんと兄貴と話してこいよ。そんで……カッコいー彼氏ができたって紹介しといて？」
　しんみりとした会話だったのに、翼は偉そーに微笑んでいて、私はプッと笑いが込み上げた。
　翼のこーいうところ、好きだな……。
　私は再び翼のことを抱きしめた。
　翼の匂いも大好き。
　初めて会った日……私に貸してくれたパーカーから漂ってきた香り……。
　私の好きな海の香りにも近い……。
　ずっと一緒にいようって。もう離さねーって。
　この日、翼は私にそう言ってくれた。
　それなのに……彼は嘘をついた。

2章

翼のない少女

　翼は私の希望だった。
　光だった。道標だった。
　両親、陽菜にも芽衣子さんにもわかってもらえなくていい。
　たとえまわりになんて言われようと、なんて思われようと、翼さえいればそれでいいなんて思っていた。
　17歳の私は、翼がなければ飛べなかった。

　翌週の土曜日。
　私と翼はお兄ちゃんのお墓へ行った。
　場所は知っていたけど、バイクでも1時間くらいかかるところ……。
　でも翼は嫌な顔1つせず、行くと言ってくれた。
　その気持ちがすごくうれしかった。
「あー、そうだ。墓行く前に先輩んち寄ってもいい？」
　バイクの後部座席に座った瞬間、翼が私に聞いてきた。
「もちろん、いーよ」
「借りてたゲーム返せってうるさくてさ」
　翼、ゲームなんてするんだ……。
　そういうところは普通の男の子だよね。
　私と一緒にいる時は、明るくて笑顔が絶えなくて優しい翼。

でも……。
　チームのみんなといる時の翼は別人のような顔をする。
　私の知らない表情、しぐさ。
　翼が遠いところに行ってしまうんじゃないかって、時々怖くなるんだ。

　翼の先輩の家は一軒家で、かなりの豪邸だった。
　だって門から玄関までが遠くて遠くて……。
　でかくて怖い犬も3匹ほどいた。
　インターフォンを鳴らすと中から男の人が顔を出した。
「よぉー翼」
　あ……この人、集会の時に見たことがある。
　見た目が怖そうで、目つきも鋭い人だ。
　でも翼の隣にいても引けを取らないくらいのイケメンだったから、女の子の間では人気があった。
「四条さーん、例のものっ」
　四条って名前だったんだ。
　翼が四条さんに渡したのは、ゲームではなく……。
　破廉恥な表紙のエロDVDだった。
「えっ!?　ちょっと！　ゲームじゃないの!?」
　私の言葉に目が点の2人。
　な、何!?　私、変なこと言った!?
「つーか……女いたの気づかんかった」
「マジすか！　四条さんどんかーん」
　いやいや、そんなのどうでもいいから。

翼は困惑している私の肩を抱いた。
「俺らの中では、これもゲームの1つなのよね？」
「げ、ゲーム!?」
「そ。これなら浮気には入らないっしょ？」
　そんな爽やかな笑顔で言われたら……何も言えないじゃん！
　確かに生身の女を抱かれるのは嫌だけど、エロDVDもあまり……。
「へぇ。翼の女って意外とウブなんだ？」
　四条さんにバカにされたような笑い方をされた。
「意外ってなんだよ、意外って!!」
「派手な顔してるくせにおもしれぇ……」
　そう言って四条さんの手が伸びてきて、私の頬に触れそうになった。
　体が硬直してしまう。
「四条さん、そういうのなしで」
　翼が四条さんの手を掴む。
「……わりぃわりぃ。ついな……」
　翼……笑っているけど、笑っていない。
　四条さんに触れられなくてすんだけど……こういう時の翼ってちょっと怖かったりする。

　四条さんの家を出て門の外に行くまでの間、翼は少し強引に私の腕を掴んで歩いた。
「つ、翼……？」

「先輩じゃなけりゃ、しめてたな」
「あ……ちょっとびっくりしたけど……触られてないし大丈夫だよ」
　すると突然立ち止まって私の顔を見た。
　いちいち翼の行動にドキドキしている。
「お前はきれいすぎっからなー」
「え？　きれい!?」
　そんなあっさり言われると恥ずかしくてたまらない。
「きれい。ほんとそーいう言葉が似合う女だわ」
　どうしてそんなにまっすぐな目で言えるんだろう。
　私なんてきれいじゃない……。
　翼のほうがきれいだよ。
　いつもみんなの中心にいて、キラキラキラキラ光っていて……。
　眩しいくらい。
　チュッと私の唇に軽くキスをすると「行くか」と、私にヘルメットを渡した。
　その時、視線を感じて振り返ると……。
　四条さんちの２階の窓から、四条さんがこちらを見ていてドキッとした。
　い、今のキス……見られた!?
　別にあの人に見られたっていーんだけど……。
　もう一度、四条さんのほうを見るといなくなっていた。
　なんだか……よく掴めない人だな……。

お寺につき、住職にお兄ちゃんのお墓の場所を聞いた。
　人に会うわけじゃないのに、こんなに緊張するなんて。
　きっと、お兄ちゃんへの後ろめたさがあるからかもしれない。
　この１年間、一度もお墓に来なかったから怒っていそうだし。
　お兄ちゃんのお墓の前には、花が飾られてあった。
　まだ新しい……。
　きっとお母さんたちかも。
　頻繁に……来ているみたいだしね。
　私のスマホには、まったく連絡をよこさないくせに。
　あ……お兄ちゃんの前で嫉妬するなんて。
　ごめんね、お兄ちゃん……。
「翼、お兄ちゃんのお墓ここだって」
　気を取り直して横にいた翼に教えた。
「立派な墓じゃん。高そー」
「うん……お金かけてるもん」
　お兄ちゃんのためなら、決してお金を惜しまない。昔からそうだったもんね……。
「なんか字がごちゃついてて名前読めねー。ごうし？」
「豪壮(たけあき)って読むんだよ」
「た、けあき？」
「そう。とてつもなく優秀って意味でつけたらしいんだけどね、本当に名前どおり優秀なお兄ちゃんだったんだ」
　私の美羽って名前のほうが恥ずかしい。

だって美しい羽なんて、持っているわけないのに……。
「よし、線香つけよ」
　翼が持っていてくれた線香をもらおうとして顔を上げると……。
　翼は瞬きも忘れるほど、お墓をじっと見つめていた。
「翼？　どーかした？」
「佐久間……たけあき」
「うん？　そうだけど……」
　どうしたんだろ急に……。
「……」
「どうかした……？」
「なんでもねー……」
　なんでもないようには見えないんだけど。
　そんなことを思いながら、私は心の中でお兄ちゃんに話しかけた。
　お兄ちゃん……。
　遅くなってごめんね。本当にごめんね。
　お兄ちゃんが死んでしまったこと受け入れられなくて、ずっとここに来られなかった。
　そして家も出ちゃった……。
　怒っているかな？
　きっとお兄ちゃんに会ったら、今すぐ家に戻れって言われるよね。
　でもね、お兄ちゃんがいなくなったあの家に私の居場所はもうないんだ。

お父さんのイラ立ちも、お母さんの泣き顔ももう見たくない。
　２人は私がいなくなっても、きっと平気だと思う。
　お兄ちゃんがいればそれでいいんだよ。
　私はお兄ちゃんの代わりには到底なれないから……。
　私は１人で生きていく道を選んだ。
　そして、お兄ちゃんをひき殺した犯人……。
　時効の前に絶対捕まえてみせるから。
　だからどうか私に力を貸して……？
　お兄ちゃんには二度と会えない……。
　犯人が憎くてたまらない。
　……ヤバい、泣かないと決めて来たのにやっぱり涙が出そう。
　私は下唇を噛んだ。
「美羽……大丈夫か？」
　翼が隣にしゃがんだ。
　バレないようにしていたけど……泣きそうになったの気づいたのかな!?
「無理すんなよ」
　私の頭をかかえて自分のほうへ抱き寄せてくれた。
　ホッとするよ。
　私は１人じゃないんだって感じる。
　やっぱり翼が一緒に来てくれてよかった。
　お兄ちゃん、この人ね、私の大切な人。
　この人と歩んでいくって決めたんだ。

私、翼の役に立てるかな……？
　どう思う？　お兄ちゃん。
　お兄ちゃんが好きだった和菓子屋のお菓子を供えた。
「翼……ありがとう。隣にいてくれるだけですごく心強かったよ」
　笑ってそう言うと、翼はコクリと頷いた。
　さっきからどうしたんだろう。
　いつもなら笑い返してくれるはず。
　何か嫌なことでも思い出させちゃったのかな……。
　変な不安が心をよぎる。

　翼はシホ先輩のアパートまで送ってくれた。
　バイクから降りて、翼の顔を覗き込んだ。
「ねぇ翼、どっか具合悪いの？」
「え？」
「なんかさっきからおかしいから……」
「あー。別に……」
　私から目をそらしているのも気になる。
「いっこ……聞きたいことあんだけど」
「何、何!?」
「お前の兄貴って、なんで死んだの？」
「あ、言ってなかったっけ。ひき逃げされたの。でも……犯人はまだ見つかってないんだ」
「……」
「翼？」

「そっか……」
「うん。さっきもね、お兄ちゃんに話してきたんだ。犯人だけは絶対見つけるって。お兄ちゃんをひき殺した上に逃げてるなんて……本当に最悪だよ」
「……だよな」
「翼も手伝ってくれる？　犯人捜し……」
　私の問いかけに少し間があってドキドキしたけど、すぐに「うん」と頷いてくれてホッとした。
　でもすぐに、
「またな」
　そう言って私の頭をポンポンッと撫でると、どこかへ行ってしまった。

　なんか様子が変だったけど、やっぱり何か思い出させちゃったのかも。
　私がお兄ちゃんのことばっか話していたから、翼も家族のことを考えていたのかな。
　辛いことを思い出させていたらどうしよう。
　翼のことを守りたいって思っていながら、こんなのダメだよね……。
　そんなこと考えながらアパートの階段を上っていくと、部屋の前に誰かが座っていた。
　シホ先輩かな？
　よく見るとそれは男の人だった。
「よーお。翼の彼女っ」

し、四条さん……!?
　なんでこんなところに……。
「どこ行ってたんだよ？　俺、ずーっと待ってたのに」
「ま、待ってたって……誰をですか!?　ここはシホ先輩んち……」
「知ってんよ。俺、シホの元彼だから」
　ええーーー！　し、知らなかった……。
「シホ先輩ならまだ帰ってないかも……」
　四条さんはゆっくりと立ち上がり、私の目の前にやってきた。
「シホじゃなくて。俺はあんたに用があんだけど」
　顔が近くなり、思わず後ずさりしてしまう。
「よ、用!?」
「やっぱきれいな顔してんなー」
　四条さんは私にジリジリと近づいてくる。
　馴れ馴れしい人！
「あんたさ、俺と付き合いなよ」
「……は？」
「は、じゃなくて。俺の女になれって言ってんの」
「意味が……わかりませんが。私は翼と付き合って……」
「知ってる」
　はぁああああ？
　何、この男!?
「知ってるなら……」
「翼はやめといたほうがいーよ」

ヘラヘラ笑っていたのに、急に怖い顔つきになった。
「な、なんでですか!?　なんであなたに……」
「翼と付き合ってたら、あんたが傷つくの確定だから」
「そんなことありません!!」
　みんななんなの!?
　圭祐も……この人も！
　どうして翼のこと悪く言うわけ!?
　翼が頭だから？
　それともあんな傷を負っているから？
　みんなひどいよ……。
　表では翼と仲いいフリして、裏では翼のことを悪く言ったりして……。
　もう誰も信じない。
　キライ。この人も嫌い!!
「そんな怖い顔すんなって」
　四条さんが私を触ろうとした瞬間。
「何してんの？」
　振り返ると、シホ先輩が驚いた顔でこちらを見ていた。
「シホ久々〜」
　四条さんは、にこやかに手を振っている。
「悠一郎……なんでここに？」
「ちょーっとこの子に用があってね〜」
　そう言って四条さんはシホ先輩のほうへと歩いていく。
　シホ先輩は動揺しているようだった。
「よくのこのこ来れるね……あんな別れ方しといて」

２人の間に重い空気が流れる。
　四条さんはフッと笑い、アパートの階段を下りていった。

「あ、あの……四条さんってシホ先輩の元彼だったんですか……」
「まぁね……去年別れたけど。あいつ浮気しててさ……」
　シホ先輩は私と話しながら、小さくなっていく四条さんの後ろ姿を見ていた。
　もしかして……シホ先輩は四条さんのことがまだ好きなのかな……。
「美羽こそ翼とどーなの？　仲直りしたんでしょ？」
「はいっ……おかげさまで……さっきお兄ちゃんのお墓に２人で行ってきました」
「あー……美羽のお兄ちゃん、交通事故で亡くなったんだったね……」
「もう１年前のことなんですけどね……」
「そっかぁ……まだ犯人捕まってないんだもんね。でも翼なら捕まえてくれそーじゃない？」
「そ、そうですか？」
「うん、なんかあいつなら無敵のよーな気がしてさっ。犯人だってすぐに見つけてくれそう」
　確かに翼なら……って、私も心のどこかで思っていたけど……。
　さっきの雰囲気じゃ、もうお兄ちゃんの話題も出しづらいっていうか……。

もしかして、死んだお母さんのこと思い出していたのかも。
　やっぱりお墓に連れていかなきゃよかったかな。
　でも、翼はその後も何事もなかったようにメールや電話をくれた。
　よかった。
　お墓でのことは気のせいだったみたい。
　でも、もう一緒にお墓行くのはよそう。
　翼を傷つけたくないし、辛い思いもさせたくない。
　私といる時はいつも笑っていてほしいから。

　週末の夜、いつものように集会があって私はシホ先輩と参加した。
「陽菜、今日も来てないんですね……」
　陽菜とはしばらく連絡を取っていない。
　芽衣子さんに〝ウリ〟のこと言ったのはムカついたけど、私も悪いわけだし……。
　やっぱりもう一度、話し合いたい。
「陽菜ね〜最近会ってないんだよね……転々としてるらしく、どこに住んでんのかもわかんないし」
「そうなんですか……」
　陽菜とのことは長期戦になりそうだな……。
　もしかしたら一生許してくれないかもしれないし。
　いつも一緒にいてバカやっていたから、いなくなると少し寂しい。

同じ人を好きにならなければ、きっと恋バナや相談だってできたのにな……。
「あっ、翼たち走り終わったんじゃね!?」
　シホ先輩が指さした先には、数台のバイクがものすごい音を立てていた。
　ヘッドライトの光が眩しくてよく見えないけど……。
　隣にいたシホ先輩が「行ってきなよー」と、私の背中を押した。
「え、でも……」
「いーからいーから！　翼だって美羽と一緒にいたいでしょ。私もテキトーに友達んとこ行ってくるからさ」
「は、はい……」
　シホ先輩はニコニコしながら私のもとを去っていった。
　まだあの光の中に1人で飛び込むのには勇気がいる。
　でも……翼がいると思うと自然と足が動く。
　私は小走りで翼たちのもとへと向かった。

「翼っ……」
　バイクの音で聞こえないとは思うけど、そう呼んだ次の瞬間……。
　ドクン……と心臓が大きな音を立てた。
　見、間違い……？
　あれって……翼？
　翼じゃないよね、だって……。
　知らない女の子とキスしていた。

え。ちょっと待って、待って待って待って……。
　あれ翼……？
　私、見間違えてない？
　でも何度見ても、やっぱり翼だ。
　まわりにはたくさんの男女がいた。
　でも翼は笑いながら、何度もその女の子にキスしている。
　酔っ払っているのかな。
　その女の子と私を間違っているのかな。
　でも……翼はそういう人じゃない。
　エロＤＶＤは見るけど浮気はしないもん。
　頭の中で、いろいろなことがぐるぐるぐるぐる。
　体が硬直して動かない……。
「うわっ……翼の女っ」
　私の近くにいた人が気まずそうな顔をした。
　その声に、翼はこちらを見た。
　私に気づいた……？
　それなのに、何も言わない。
　じっとこっちを見ているだけ。
　キスした女の子の肩に腕を回したまま。
　どうしちゃったの？
　ただ酔っ払っているだけだよね？
　そうだよね？　翼？
　そう言いたいのに、声が出なかった。
　声が出ないってことは、これは悪い夢なのかな。
「美羽〜どーした？」

翼が私に笑いかけている。
　なんで……？
　なんでそんな平気な顔していられるの？
　隣の子を抱きながら私の名前を呼ばないで。
「ちょっと…….あれ翼の彼女じゃん!?」
　隣の女の子がそう言って焦っていた。
「あー、別に気にすんなって」
　翼は笑いながら再びその子に深いキスをして。
　そのあと首筋にまでキスを落としていた。
　見たくないのに目が離せない。
　涙が頬を伝っている感覚だけはわかる。
「つば……さ……彼女に見られて……」
「関係ねぇよ」
　見せつけるかのように、その行為は徐々に大胆になっていき……まわりからも冷やかしの声が飛んだ。
「ひでー男だなぁ、お前も〜！」
「もっとやれー！　そのまま脱がせろ〜」
　笑い声が頭に響いてきて痛い。
　イタイイタイイタイイタイ……。
　なんなのこれ、なんなのこれ……。
　ようやく足が動いたかと思うと、今度はガクガク震え出した。
　私は震えながらもその場から逃げた。
　うまく走れなくて途中転んでしまった。
　涙で顔がぐちゃぐちゃ……。

翼……なんで!?　なんでよっ……。
　私だけじゃ……なかったの!?

「ひでー顔」
　その声に顔を上げると、目の前に四条さんが立っていた。
「し、四条さ……」
「ほら」
　うつ伏せに倒れている私に手を差し伸べてくれた。
　そして、そのまま私を引っ張って立たせてくれた。
「だから言ったろー」
「違う……あんなの翼じゃない……きっと何かあって……」
「現実から目を背けたいのはわかるけどさ～」
　うるさいうるさいうるさい。
　翼のこと何もわからないくせに。
「わ。その挑発的な目もそそられるね？」
「なんで……私にかまうんですか？　放っておいてください」
「なんでかねー？　そこまでして翼を信じるあんたに興味がわいてきたのかな。他の女だったら傷ついて速攻で離れてくんだろうけどね。少なくとも俺が今まで付き合ってきた女はそうだった」
「それって……シホ先輩のことですか」
「まーね。浮気現場一度見たくらいで速攻捨てられちゃったのよ俺」
「そんな……浮気されてショックだったんですよ……」

「いや……あいつ、元から俺のこと信用してなかったからね」
　そう言って四条さんは笑っていたけど、どこか悲しそうな……そんな表情をした。
「つーかもう帰るんでしょ？　送ってくよ」
「か、帰りません！　翼と話がしたいから……」
「……今日はやめといたほうがいーんじゃない？　あんたさっき見たでしょ、女とイチャついてるとこ」
「それは……見ましたが」
　あんな場面、もう二度と見たくない。
　でも……今日話さないとずっとモヤモヤしたままになってしまう。
「もう少し気持ちが落ちついたら翼のところに行きます」
「へぇ。やっぱ強いね」
　私が座った横に、なぜか四条さんも座った。
「あの……別に一緒にいなくても」
「俺がここにいたいだけだから。放っておいてくれてもかまわねーよ」
　放っておいてって言われても……。
　隣にいると気になってしまう。
　でも、不思議とさっきまでの喪失感が薄れていた。
　誰かが隣にいてくれるって、こんなにも心強いことなんだ。
　私は深呼吸をして気持ちを落ちつかせた。
　翼が私を裏切るわけない。

私のこと、いつも大切にしてくれていたもん……。

　しばらくして、翼たちがバイクに乗り出した。
　また走りに行くつもりなのかな……。
「ちょっと行ってきます」
　隣にいた四条さんにそう言い、私は立ち上がった。
　怖いなんて言ってられない。
　翼の思っていることを知りたい。
　バイクを吹かす音がこだまする中を、私はゆっくり歩いて翼のもとへ向かった。
　翼はバイクにまたがっていた。
　そして、その後ろにさっきキスしていた女の子が座っていた。
　バクバクと心臓が鳴り始める。
　怖じ気づくな私！
　私が来たことに気づいた翼が、微笑んだ。
「まだ帰ってなかったんだ？」
「うん……翼に話があって」
　手がかすかに震えている。
「俺に話って……何？」
　後部座席に座っていた女の子を見ると、勝ち誇ったような顔をして笑っていた。
　イライラする……。
「ここじゃ話したくない。ちょっと来て」
「えー！　ちょっと〜‼　これから翼と出るところなんだ

けど！」
　私が睨むと、女の子は黙った。
　それを見て翼が笑う。
「悪いね、すぐ終わっから待っててよ」
　何それ……待っててって……。
　このあと、どこに行くつもりなの!?
　イライラが止まらない。

　私と翼は、バイクの音がうるさくないところまでやってきた。
「もーここら辺でよくない？」
　翼がため息をついている。
　ため息つきたいのはこっちだよ……。
「翼……どうしちゃったの？」
「は？」
「なんであの子といるの……？　なんで……キスしてたの？」
　言いながら涙が止まらなかった。
　泣かないって決めていたけど無理だ……。
「あー別に。したいからしてただけ」
「嘘っ……翼はそんな人じゃないでしょ!?　何かあったんだよね!?」
　涙で翼が歪んで見える。
「何かって？　何もねぇーけど」
「つ……翼は私の彼氏……でしょ？」

そう言った途端、翼が笑った。
「ぶっ。ごめんね？　やっぱマジになってた？」
「え……？」
「他の女と遊んでみたくなってさ。だからもう俺のこと忘れてくんねー？」
「な、何を言ってんの？　冗談でしょ？」
「美人は３日で飽きるってほんとだなー。あ、今回は３日じゃなかったけど」
　翼が笑いながら言っているから、冗談なんだ、きっと。
「やめてよ翼……そういう冗談キツイ……」
「冗談なんかじゃねーし」
　今度は冷めた目で私を見る。
　ゾクッと背中が凍った。
「なんで……？　なんでなの？　私なんか傷つけること言った？　あ……やっぱり、お墓参りの時!?」
　訳がわからなくて混乱する。
　翼の言っていることがわからない。
「墓参りなんて関係ねぇ、俺がお前に飽きたってだけ」
「嘘……絶対嘘!!　この前までそんなことひと言も……」
　翼の腕を掴もうとしたら拒まれた。
「ウゼェ！」
　跳ね除けられた手がジンジンして痛い。
「つ、翼……」
「もう話しかけんな」
　あんな目、一度も見たことない。

突き放すような、冷たい目……。
　そして、翼は私に背を向けて歩き出した。
「や、やだよ……翼ーーー!!　やだよこんなのーーー!!」
　翼のあとを追いかけていくと、まわりのみんなが何事かと振り返って見てきた。
　みっともなくたっていい。
　翼がいなくなったら……私はどうすればいいの!?
　泣きながら翼のあとを追った。
　でも一度も振り返ることはなくて……。

　翼のバイクのところまで私は泣きながらついていった。
　そこにはさっきの女の子が待っていて、私の顔を見て驚いている。
「梨絵、行くか」
「え、ちょっと翼……この子すごい泣いてるけど」
「ほっとけ」
　翼は梨絵って子にヘルメットを被せた。
　それ……私のなのに。
　私のヘルメットなのにっ……。
「つ……ばさぁ……」
　翼の腕にすがると思いっきり跳ね除けられ、私は地面に倒れた。
　すりむいたのか腕や足が痛い……。
「ウゼーっつってんだろ!　いい加減にしろよ!」
「おいっ……やりすぎじゃね!?」

近くにいた男の子が、バイクから降りて私を起こしてくれた。
「あー。そいつどっかに連れてって。目障り」
　翼はそう言うと、エンジンを思いっきり吹かしていってしまった。
　私のことは見向きもせずに。
「立てる……？」
「……だいじょおぶです……」
「ごめんね、なんかあいつ今日荒れてて……変なんだよ」
　男の子は申し訳なさそうにそう言うと、エンジンを吹かして行ってしまった。
　やっぱり……翼は変なんだ。
　何かあったに違いない。
　じゃないとあんなことしないもん……。
　あんな……。
　私のことウザいって……冷たい目で見たりなんか……。
「ふっ……うっ……うう……」
　地面にいくつもの涙がこぼれ落ちていた。
「バカだなーほんと」
　その時、私の目の前に影ができた。
　たぶんこの影は……。
　見上げると、四条さんが仁王立ちでこちらを見下ろしている。
「バカじゃ……ありません」
「バカだよ。バカすぎて放っとけねー」

しゃがんで私の頭を撫でた。
「放っといてください……」
「こんな美人、放っとけるわけねーだろ」
　四条さんは私のことを強く抱きしめた。
　なんでこんな私に優しくしてくれんの……。
　ダメだ、シホ先輩がまだ四条さんのこと好きかもしれないのに。
　それでも私の体は動かなくて、四条さんの胸でしばらく泣いてしまった。
　こんな一瞬の出来事が、後悔するとも知らずに……。
　目を開けた時、全身の血の気が引いた。
　シホ先輩が呆然と突っ立って、私のほうを見ている。
「あ、し……シホせ……」
　次の瞬間、シホ先輩は踵を返して走っていった。
　私は思わずそのあとを追った。
　どうしよう……勘違いされちゃったかも!!

「シホ先輩！　聞いてくださいっ、違うんですっ!!」
　そう叫ぶと、シホ先輩がその場に立ち止まった。
　お互い息を切らしている。
　ゆっくりと私を見たシホ先輩の顔は笑っていて……。
「ごめん、思わず走っちゃったわ」
「い、いえ……あの、さっきのことですけど」
「あー、抱き合ってたとこ？　うん……びっくりしたけど。別に気にしてないよ？　元彼だし……」

そんなはずはない。
だって笑顔が引きつっているから。
いつものシホ先輩の笑顔じゃなくて、胸が痛くなった。
バカだ私……。
よりにもよって、なんでシホ先輩の元彼に……！
「そんな顔しないでよ……」
　私が黙り込んでいると、シホ先輩がフッと悲しそうに笑った。
「シホ先輩……」
「でも悠一郎のあんな顔、初めて見たわ。美羽のこと気に入ってんだね……まぁあんた美人だから当たり前か……」
「あの……違います！　私、四条さんとは何も……」
　ドキッとした。
　私を見るシホ先輩の目が冷たくて……一気に突き放された気分になった。
「私、美羽のこと信じてた。芽衣子にあんたのこといろいろ言われてたけど、それでも美羽は翼のことを本気だと思ってたから……」
「本気ですよ！」
「悪いけど、さっきのはそんなふうに見えなかったな……」
　確かに嫌だったら、四条さんから無理やり離れることはできた。
　それなのに、四条さんの胸で泣いてしまっていたことは事実で……。
　言い訳しても無駄だと思った。

「ごめんなさい……」
「私に謝んないでよ……」
　陽菜に続いてシホ先輩も傷つけてしまったんだ。
　私ってなんでこうなんだろう。
　こんな自分が嫌だ……。
　しばらく沈黙が続いたあと、シホ先輩はため息をついた。
「翼と悠一郎で悩んでんなら、私はもうこれ以上、美羽の相談相手にはなれない」
「えっ!?」
「一緒に住むとかもう無理だし……家、出てってくんないかなぁ？」
「シホ先輩!?」
　シホ先輩は本気で怒っている。
　翼と四条さんを両天秤(てんびん)にかけていると思っている……。
　でも、そう思われても仕方ないことをしてしまったんだ。
　何を言っても言い訳にしか聞こえないよね……。
「わかりました……」
「今夜はいーけど、明日荷物まとめて出てってくれる？」
　私のことを見ようともしてくれない。
　完全に嫌われたんだ……。
　シホ先輩は、芽衣子さんに私のことをいろいろ聞いたはず。
　それでも私を信じて温かく見守ってくれていたのに。
　胸がジクジク痛み出す。
　私はシホ先輩に頭を下げて、その場をあとにした。

右ポケットに入れていたスマホが鳴り出した。
　もしかして……翼!?
　急いで取り出してみると、ディスプレイには浅野さんの名前が。
「はい……」
≪美羽ちゃんどーしたの？　元気ないね？≫
「いえ……」
≪彼氏くんと何かあった？≫
「彼氏というか……いろいろなことが一気に重なってちょっと……」
≪そーいう時はすぐ頼ってって言ったじゃん、今どこ？　迎えに行くよ？≫
　私……思わず電話を取ったけど……浅野さんとの関係を切ろうと思っていたんだ。
　翼に隠しごとはしたくないから。
　いくらあんな態度を取られたとしても、もう他の人に甘えたくない。
　もう誰も傷つけたくない。
「いえ。大丈夫です」
≪そんなに気をつかわないでよ、俺と美羽ちゃんの仲なんだからさ≫
「浅野さん……勝手なこと言って申し訳ないんですが……私、やっぱり彼氏を裏切りたくないです」
　受話器ごしにため息が聞こえた。
≪やっぱり……俺じゃダメか≫

「浅野さんにはたくさんお世話になりました。相談にも乗ってもらったり……本当に感謝しています。でも……もうこれ以上彼氏に嘘をつきたくないんです」
≪彼氏となんかあったんでしょ？ それでも俺に頼ってくんないの？≫
「はい……自分でなんとか解決します」
≪そっか……そこまで突き放されちゃぁな≫
「す、すみません……」
≪いや、美羽ちゃんがそーいうずる賢くない女だから惚れたんだけどさ≫
　浅野さんはわかってくれた。
　私はどこかで、浅野さんとお兄ちゃんを重ねて見ていたんだ。
　だから甘えてしまって、関係を切るのが怖かった。
≪美羽ちゃん、後悔しないように生きるんだよ≫
「はいっ……」
　浅野さんが見ているわけじゃないのに、私は無意識に頭を下げていた。
　電話を切り、１つ深呼吸した。
　明日からどうしようかな……。
　とりあえず荷物をまとめなきゃ。
　私はまだ知らなかった。
　この先、思いもよらないことが私を待ち受けていることに……。

信じたくない事実

　朝、目が覚めたら、シホ先輩はすでに仕事に行ってしまったようだった。

　だけどテーブルの上に朝ご飯が置かれていて、胸が熱くなった。

　昨夜あんなことがあって傷つけたのに……。

　シホ先輩はやっぱり優しい。

　まだほのかに温かい卵焼きとベーコンを口にしたら、泣けてきた。

　昨日のことが全部夢だったらよかったのに。

　そして夢のことを翼に話して、『バカじゃねーの』って笑いながら言ってほしい。

　いつもみたいに、ぎゅーって抱きしめられて、翼の香りに包まれたい。

　せっかくおいしいご飯を用意してくれたのに、ほとんど喉を通らなかった。

　私は今日から本当に1人なんだ。

　1人……。

　1人で生きていけるの？

　ううん、生きていかなきゃ。

　もう誰にも頼らないって決めたんだもん。

　無理やりご飯を胃に押し込んで、シホ先輩の部屋にあった自分の荷物をキャリーバッグに詰めた。

翼にもう一度会って話したい。
　私、何か翼を傷つけることしたのかな……。
　全然納得できないよ……。
　でも昨日の翼の態度を思い出すと辛くなる。
　またあんな態度を取られたらどうしよう。
　泣かないで話せるかな……。
　思いきって翼に電話したけど出なかった。
　シカト……されてんのかな……。
　大輝なら、何かわかるかもしれない。
　私は大輝に電話をしてみた。
≪美羽……？≫
「大輝？　ごめんね急に」
　大輝の声がいつもと違う感じがした。
≪……どうした？≫
「あのね……翼のことでちょっと聞きたいことが……」
≪あー……お前らどうしたの？　なんかあったのかよ。ここんとこ翼も変なんだけど≫
「え……大輝もわからないんだ」
　翼にとって、大輝は一番の友達だろうから知っていると思っていたのに……。
≪翼、お前一筋だったのに、最近は他の女とばっか遊んでるし≫
「うん……私も理由が知りたくて……今、翼は何してるか知らない？」
≪あー仕事は休みっつってたから、家にいるかな……≫

「家ってどこ？　先輩と暮らしてるって聞いたけど……」
≪あー……うん。一場(いちば)先輩ね≫
「一場先輩……？」
≪ここだけの話、俺、一場先輩苦手なんだよな……≫
　大輝の話だと一場先輩は翼の中学時代の先輩で、家がお金持ちらしい。
　親が一場先輩にマンションを買い与え、そこに翼も住まわせてもらっている。
　そして女癖がかなり悪いと……。
　それを聞いてさらに不安になった。
≪翼んとこに行くの……？　俺もついていこうか？≫
「ううん、大丈夫。翼と話するだけだから……」
　本当はちょっと怖い。
　大輝もいてくれたら心強いだろう……。
　でも……もう誰にも頼りたくなかった。
　自分のことは自分１人で解決しなきゃ。

　大輝から家の住所を教えてもらい、私は一場先輩のマンションを訪ねた。
　新しくて大きなマンション。
　高校生の息子にこんな立派なマンション買ってあげちゃうなんて、いったいどんな親なんだろう。
　オートロックのインターフォンを押す手が震えていて、うまく操作できない。
　でも、ここまで来て引き返せない。

ピンポーン……と鳴っても、返事がない。
　中から声も聞こえないし出かけているのかも……。
　引き返そうとしたその時……。
「はい」
　それは翼でもなければ、たぶん一場先輩の声でもない。
　女の子の声だった。
　胸がズキンと痛む。
「あの……私……翼の、か、彼女なんですけど……」
　一瞬、彼女と言っていいのか悩んだけど、私は別れるつもりないもん。
　彼女でいいよね……？
　すると、インターフォンごしに数人の声が聞こえた。
　もしかして近くに翼がいるの!?
　オートロックが解除される音にハッとして、私はエレベーターに乗って部屋へと向かった。
　部屋のインターフォンを押すと、すぐにドアが開かれ1人の男の人が顔を覗かせた。
　見たことない男の人……。
　この人が一場先輩？
「翼の女？」
　少し怖そうな雰囲気に怖じ気づきそうになったけど、私は「はい」と返事をした。
「すげーかわいいじゃん。中に入って？」
　男の人は玄関のドアを全開にした。
「あの……一場先輩ですよね？」

「そーだけど……なんで知ってんの?」
「大輝に教えてもらいました。翼、今いるんですか?」
「もちろんいるよ」
　一場先輩のニヤリと笑った顔……信用していいのかな。
　不安に思ったけど、私は家の中へ足を踏み入れた。
　リビングみたいなところに通されて、ドキッとした。
　翼がソファに座ってスマホを見ている。
　隣には女の子が座っていて、翼の肩にもたれかかってテレビを見ていた。
　この前とは違う女の子……。
　すると翼の視線が私に向けられた。
「しつけぇ女」
　その言葉は冷たすぎて、翼の口から出たものとは思えないくらいだった。
　どうしよう……。
　こういうことを言われるとは予想していたけど、いざ本当に言われるとショックで言葉が出てこない。
「翼〜振るならこの子、俺にちょうだいよ」
　後ろから一場先輩が来て私の肩に手を置いた。
　ゾクッと寒気がする。
　一場先輩のほうを見た翼はすんなり「どーぞ」と答えた。
　ズシンと一気に体が重くなった気がした。
　翼は本当に私のことなんてどうでもいいんだ……。
　少しの望みも、粉々に砕け散った。
　この場から動けない。

「俺、隣の部屋にいるんで」
　そう言って翼は一緒にいた女の子の腕を掴んで、隣の部屋に行ってしまった。
　なんだかフワフワした気分で、まるで夢の中にいるようだった。
　そう、これが夢ならいいのに。
「あれ？　ショック受けてんの？　とりあえず座んなよ」
　一場先輩にその場に座らされた。
　帰りたいのに体が動かない、声も出ない。
　一場先輩は私の正面に座り、うなだれている私の顔を覗き込んだ。
「しかし……すげーかわいいな。翼の奴こんないい女と付き合ってたなんてなぁ」
　帰らなきゃ……。
　でも……どこに？
「ねぇ、名前教えてよ」
　私には帰る場所がないのに、どこに帰るっていうの？
　そんなことを考えていると、
「口きけねぇーのかよ？」
　思いっきり腕を強く掴まれた。
「痛っ!!」
「しゃべれんなら返事しろよなー？」
　一場先輩は、怒っているような感じがして怖くなった。
「か、帰ります！」
「ちょい！　そりゃないでしょ」

さらに腕を強く掴まれた。
「痛い……っ。離してくださいっ……」
「離すわけねーじゃん。翼のことなら俺が慰めてやるから」
「結構です!!」
「翼だって今、隣の部屋でやってんぞ?」
「え……」
「だから俺らもさぁ……」
　一場先輩の顔が近づいてきた。
　今、隣の部屋で、翼はあの女の子に触れているの?
　私にしたみたいに髪を優しく撫でて、頬に温かいキスをして、ぎゅって抱きしめて。
　そして……『大好きだよ』って言っているのかな。
　そんなの耐えられない。
　想像もしたくないよ……。
『美羽は俺から離れねぇ……よな?』
　離れたのは翼じゃん。
　一場先輩の吐息が首筋にかかる。
　そして先輩の手が私の服をめくって背中に触れた。
　なんか……もうどうでもいいや。
　こんなことされたって〝ウリ〟と同じだもん。
　目をつむっていればすぐ終わる。
「肌めっちゃすべすべ」
『俺はお前を1人にはしねぇーから』
　翼の嘘つき。
　涙が耳のほうへと流れていった。

とっさに腕で目を隠す。
「あれ？　泣いてんの〜？」
「泣いてません……」
「泣いてんじゃん」
　私の手首を握った瞬間、部屋のドアが開いた。
　翼がこっちを見て立っている。
　私は一場先輩に押し倒された状態で、身動きがとれない。
　こんなところ、見られたくなかったのに！
「なんだよ翼」
　一場先輩が不機嫌そうな口調でそう言うと、翼の口元が緩んだ。
「そんなやり方じゃ嫌われますよ？」
「は!?」
「泣いてるじゃないすか」
　翼はツカツカと私たちの目の前まで来て一場先輩をどかし、私の手を引っ張った。
「何すんだよ!?」
「やっぱ先輩にこいつは無理なんで」
「はぁ!?」
　訳がわからないという顔をした一場先輩をその場に置いて、翼は私を玄関のほうへと連れていった。
　振り返ると、さっき翼と一緒にいた女の子も驚いたような顔をしてこちらを見ている。
　女の子の服が乱れていなくてホッとした。

玄関を出てエレベーターに乗り込んだ。
予想外の出来事に、戸惑ってしまう。
横には翼の肩があって、翼はまっすぐに正面を見つめていた。
手は繋いだままで、こんな時なのにドキドキしちゃっている。
翼……どうして私を連れ出したんだろう。
助けてくれたのかな……。
1階までつくと、エントランスを出たところで翼が振り返った。
「なんで逃げねーんだよ!?」
そして、すごい強い口調で怒鳴られた。
こんな翼、初めて見る。
怖くて何も言えなくなった。
「たとえ逃げられなくても叫んだりできんだろ……」
翼は自分の前髪をワシワシとかいていた。
「……何、素直に押し倒されてんだよ……」
「つ……翼だって女の子と部屋に行ったじゃん！」
涙で翼が歪んで見える。
「お前……俺に幻滅してねぇの？　この前あんなにひでーこと言ったのに」
「あんなの本心じゃないってずっと信じてたよ。翼はあんなこと言う人じゃないもん……」
翼はその場にしゃがみ込んだ。
「本心だよ」

「違うよ。確かにさっきはもうダメかと思った。本気で私のことなんてどうでもいいのかと思ったよ。でも……こうやって助けてくれたじゃん！」
「……」
　そっぽを向いて黙ってしまった。
　やっぱり何かあるんだ……。
「翼……何があったの？　この前のお墓参りの日から変だよね？　お兄ちゃんのことで何か……」
「そうだよ」
　翼はキツイ眼差しで私を見た。
「え……？」
「美羽の兄貴、事故で死んだんだろ？」
「う、うん……」
「兄貴ひいた犯人……俺だから」
　頭の中が一瞬真っ白になった。
　え？　犯人が翼って……。
「な、何を言ってるの？　冗談……」
「冗談なんかじゃねーから。あの日、大雪だったのに俺はスピードを出していて……信号で止まりきれなかった。それで……そん時に歩いてたお前の兄貴を……ひいた」
「う、嘘……嘘でしょ!?　そんな偶然が……」
　翼は私から目線をそらした。
「……わりぃ……本当に。まさか美羽の兄貴だったなんてな……サツに言いたきゃ言えよ。俺は逃げねぇから」
「そん……な……」

その時、私のスマホが鳴り出した。
　だけど、そんなことはどうでもよくて。
「……電話出れば？」
　軽快なリズムの着信音だけが鳴り続けている。
　ショックで足が動かない。
「うわっ！　こんなとこで何やってんだよ」
　着信音が止まると同時にやってきたのは……四条さんだった。
　私たちを見て、呆(あき)れた顔をしている。
「大輝から聞いて急いで来たんだけど、美羽ちゃんよぉ～俺ずっと鳴らしてたんだけど」
　だけど私は返事すらできなくて……。
　声が出ない……。
「何？　お前らなんかあった？」
「四条さん、こいつのこと頼んでもいい？　ちょっと今ショック受けてるから」
「は？　どういうことだよ」
「俺、帰るんで」
「おいっ説明しろよ！」
　翼は振り返ることなくその場を去っていった。

「なんなんだよあいつ……」
　私は全身の力が抜けてその場に座り込んだ。
「大丈夫か!?」
　四条さんが私の両肩を掴んだ。

「顔色が真っ青じゃねーかよ！」
「つ……翼が……」
「え？」
「翼が犯人だったなんて……」
　息をするのもやっとだった。
「犯人!?　なんだそれ!?　とりあえずここじゃ誰が聞いてるかわかんねーし……俺んちに来いよ。あっちに単車停めてあっから」
　体も動かず、立ち上がることさえできない。
　そんな私を見た四条さんは、
「……なんもしねーって誓うから。来いよ」
　と、優しい口調で言った。
　四条さんの気持ちは素直にうれしい。
　この時、誰かといなければ私は壊れていたかもしれない。
　もう誰にも頼らず生きていこうって自分の中で決めていたのに……。
　やっぱり人間は１人じゃ生きていけないんだね。

　四条さんの家の前に来た時、ふと思い出した。
　お兄ちゃんのお墓参りに行く前、翼と四条さんの家に寄ったっけ。
　もう遠い昔のことのように感じる。
　あの時……お墓に行かなければよかった。
　そしたらこんな事実、知らなくてすんだもの。
　なかなかバイクから降りない私を、四条さんは不思議に

見つめていた。
「ほんとになんもしねーから、安心しな？」
　そう言ってフッて笑うと、私の頭にポンと手を乗せた。
　少し緊張の糸がほぐれたかも。
　私はコクリと頷いてバイクから降りた。
　大きい門に広い庭、200坪くらいある家。
　どこから見ても、お金持ちにしか見えない。
　この前は玄関までだったけど……まさか中に入る日が来るなんて。

　部屋で待っていると、四条さんが飲み物を持ってきてくれた。
「ココア……」
　それはとても熱いココアだった。
「あったかいもん飲むと気持ちも落ちつくっしょ？」
「ありがとうございます……」
　四条さんがココアを入れてくれるなんて思ってもみなかった……。
　四条さんって見た目イカついのにココアって……似合わない。
「何、笑ってんだよ」
「ふふっ……すみません……。なんかかわいいなって」
　笑っていると、四条さんも柔らかく微笑んだ。
　ドキッとしてしまい、慌ててココアを飲み込む。
「し、四条さんって意外と優しいですよね……」

「『意外と』ってなんだよ」
「すみません……」
　だって初めて話したのはエロＤＶＤがきっかけだったし、見た目は怖いし……。
「落ちついたみてーだな」
「あ……はい……」
　でも、こんなふうに気をつかってくれるし、本当は優しくていい人なんだと思う。
　シホ先輩の元彼なのも納得できる。
「で……翼が犯人ってどういうこと？」
　その言葉に私は息を止めた。
　翼がひき逃げした犯人……。
　そんなこと、１ミリも考えたことなかった。
　四条さんに、お兄ちゃんがひき逃げされたこと、それの犯人が翼かもしれないということを伝えた。
　話している途中、何度も吐きそうになった。
　お兄ちゃんが大雪の中ずっと苦しんでいたのに、翼は見向きもせずに逃げたの？
　そんなこと、本当に翼がやったんだろうか……。

「嘘だろ……信じらんねぇ……翼が……」
　話し終えると、四条さんもかなりショックを受けているようで。
　俯いたまま、膝の上で拳を握りしめていた。
「私も……信じられないです」

さっきの翼の顔が頭から離れない。
　目を細めてすごく辛そうに笑っていた。
　あんな顔、見たくなかった。
「あんたは翼の言葉、信じんの？」
　さっき翼は私の目を見て言わなかった。
　ずっと地面を見つめていて……。
　ううん。
　翼は……ひき逃げなんかするような人じゃない。
「……信じません。翼はそういうことするような人じゃないです」
　私は顔を上げた。
　四条さんはそんな私を見て口元を緩めた。
「だよな……。あいつ、アホだけどそんなことはしねぇ。仮にやっていたとしても、絶対に何か訳があると思うんだよね」
「でも、翼に直接聞いたって本当のことは言ってくれないですよね……」
「俺、まわりの奴らに聞いてみるわ。このままじゃ納得できねぇもん」
「ありがとうございます……あの……前に翼が言ってたんです、幹部の人たちに面倒見てもらってるって」
「あー……うん」
「もしかしたら何か関係あるのかなって……私、幹部の人たちがいい人とは思えません」
　四条さんがゆっくりと頷いた。

「あいつらは人間じゃねぇよ。翼がどんなことされてるかってことくらい、俺でも気づいてたわ」
「四条さん……」
「心配すんな。翼が潔白だってこと証明してやる」
　その言葉はすごく心強かった。
　四条さんはやっぱりいい人……。
　翼のこと、本当に考えてくれている。
「んー。兄貴が事故にあったのって去年の1月って言ってたよな？」
「はい……正確には1月14日の夜です。忘れもしません、あの日は大雪が降っていて、タクシーが捕まらないからってお兄ちゃんは駅から歩いて帰る途中だったんです」
「14日!?」
「はい……何か覚えてますか!?」
「んー……新年会やった日かもしんねぇ……雪すげーからって、みんな俺んちに泊まったんだよ」
「翼もですか!?」
「あー確か……他の奴らにも聞いてみるけど、その日だったら……翼は外に出てねぇはずだ」
　まだそうだと決まったわけじゃないのに、心が晴れていくのを感じた。
「四条さん、その日のことみなさんに詳しく聞いてもらえますか!?」
「もちろん。わかったらすぐ報告すっから」
　どうか……どうか翼が犯人じゃありませんように。

私は強く祈った。
　これしか私にできることはないから……。
「それにしても……あんた本当に翼が好きなんだな」
「え？」
「普通は、この前みたいなことされただけでも引くのに、ひき逃げの犯人だって直接言われたって気持ちブレねーんだもんな」
　この前みたいなことって……。
　他の女の子とキスしたり、私にひどいこと言ったりしたことだよね。
「翼は、私のダメなところもいいところも全部受け止めてくれたんです。絶対に嫌われるだろうなって思ってたことも全部わかってて……それでも私のことを好きでいてくれたから」
　ウリをしていたことも知っていたのに……付き合ってくれたんだよね。
「翼といると心が温かくなって……幸せで満たされるんです。こんな気持ち初めてで……私、どんなことがあっても翼とずっと一緒にいたいって思ったんです。翼は私の光だから」
　自分で言っていて泣けてきた。
　翼がいなくなったらって考えれば考えるほど怖くなる。
　どうやって生きていったらいいのかわからなくなる。
　それくらい、私の中で翼は大きな存在になっていたんだ。
「はぁ。すげーな……翼が羨ましいよ」

四条さんがハハッと笑う。
「あいつはそんなふうに俺のこと思ってくれなかったんだろうな……」
　小さく呟いた四条さんはどこか寂しげだった。
　あいつって……シホ先輩のこと？
「四条さんはシホ先輩のこと……まだ好きなんじゃないですか？」
「……わかんねぇんだよな。俺が思ってても、あいつにとっては重荷になるだけだ」
　やっぱり四条さんはまだ……。
「そんなことないと思います‼　何があったのかは詳しく知らないけど……シホ先輩もきっとまだ四条さんに気持ちがあるはず……だってこの前、四条さんの話が出た時、今の四条さんと同じ顔してましたもんっ」
「……マジか。いや、でも……もうおせーよ……あいつのことすげー傷つけたし」
　四条さんはタバコを持って立ち上がると「一服してくるわ」と言い、ベランダに行ってしまった。
　シホ先輩と四条さん、お互い同じ気持ちなのかもしれない。
　だったら２人はまた歩み寄ることができるかも。
　私もシホ先輩を傷つけてしまったから……。
　少しでも先輩の役に立つことがしたいと思った。

意外な人との再会

あれから数日がたった。
四条さんの家は広くて部屋数も多いから、しばらく住んでもいいって言われたけど……。
シホ先輩のこと考えたら、そんなことできなかった。
もうシホ先輩を傷つけることはしたくない。
私は貯めていたお金で、マンガ喫茶に泊まっていた。
でもいつかそのお金も底をつくから、住み込みで働けるようなところを探さないと……。
四条さんからは何も連絡がない。
早く犯人を見つけたいって、気持ちばかり焦るけど……きっと四条さんがいろいろ調べてくれていると思う。
私は翼のことを信じていよう。
学校はできるだけ行くようにしていた。
頭が悪いのに留年なんかしたらますます就活に響くし。
でもマン喫ではなかなかぐっすり眠れないから、たまーに授業をサボって保健室へ行くこともあった。

この日も私は保健室に向かっていた。
マン喫もそろそろ限界だな……。
狭いしタバコ臭いし……睡眠不足が続いている。
ガラッ。
保健室のドアを開けてドキッとした。

そこにはもう1人生徒がいて……。
陽菜だった。
目が合ってしまい、お互い気まずい雰囲気。
陽菜も寝に来たのか、ベッドに座っている。
以前はこうやって2人でサボッていたんだけどな……。
しょうがない、屋上で寝るか……。
ドアを閉めようとしたら「待って」と呼び止められた。
予想外の出来事に、驚きを隠せなかった。
陽菜が私に話しかけてくれたのは久しぶりだったから。
「え……？」
「寝に来たんでしょ？ ベッド空いてるよ」
少し照れくさそうに、隣のベッドを指さした。
それって……一緒にいてもいいってこと？
うれしくて、思わず笑顔になってしまう。
「う、うん！」
保健室の先生はいなくて、保健室には私と陽菜だけのようだった。
もっと陽菜と話したい……。
「あのさ」
その時、陽菜が突然話しかけてきた。
「え!? 何!?」
「翼とうまくいってんの？」
陽菜は仰向けで天井を見ながら話している。
「あ……ちょっといろいろあって……今は会ってない……」
「そう……この前、集まった時……翼、違う女といたから」

「うん……」
　私が黙っていると、陽菜がこっちを向いた。
「『うん』って……それでいーの？　別れるつもりなの!?」
「そうじゃないけど……今は会えない状態で……」
「なんで!?　私のせい!?」
「え!?　ち、違うよ!?」
　陽菜は感情的になっていた。
　こんな話をするのは久しぶりで少し緊張してしまう。
「私……謝りたかった。美羽を裏切り者扱いにしちゃったこと……」
「ううんっあれは私が悪かったんだもん、陽菜、翼のこと気に入ってたのに……。裏切り者だって思われて当然だよ」
　陽菜は首を振った。
「本当はね、最初から気づいてたんだ。翼が美羽を見ていたこと」
「え？」
「シホ先輩の家で初めて会った時、翼は私の隣で話してたけどさ、目は美羽を追っていたんだもん」
「そ、そうなの？」
　全然気づかなかった……。
　あの時、翼は陽菜といい感じになっているとばかり思っていたから。
「うん。美羽は美人だし、いつもモテるからちょっと悔しかった。だから……意地悪しちゃったんだ」
「そんなこと……私だって陽菜が羨ましいと思ったこと何

度もあるよ。明るくて友達も多くて……」
「でもその友達を裏切ったのは私のほう。……ごめんね、ウリしてたことも先輩たちに話しちゃって」
　そういえば、それで芽衣子さんが怒ったんだっけ……。
「ううん……そうさせちゃったのは私だから。陽菜は悪くない……」
　その時、陽菜と目が合い、それからどちらからともなく笑い合った。
　ああ、この感じ何週間ぶりだろう。
　陽菜が私に笑いかけてくれている。
　心が一気に晴れ渡った。
「じゃあ……おあいこってことで許してくれる？」
「もちろん……私のことも許してくれるなら」
　まさかこんな日が来るとは思わなかった。
「陽菜は今、他の先輩の家にいるんだっけ？」
　すると陽菜は苦笑いした。
「ううん……実はさ、家に戻ったんだ……」
「マジ!?」
　陽菜の話だと、あれから他の先輩の家にしばらくいたけどタチの悪い先輩だったみたいで、陽菜は自分の家に戻ることにした。
　親はめっちゃ怒っていたけど、必死に謝って許してもらったらしい。
　その代わり、これから勉強を必死にやると約束したと。
　正直、理解のある親で羨ましいと思った。

陽菜のお母さんに会ったことあるけど、陽菜に似て明るくてサバサバした人だった。

　話せばわかってくれるような、そんな人。

　うちはそうもいかない。

　真面目に話したって、聞いてくれないだろう。

　私にはこれっぽっちも関心がないから。

「そういえばさ……陽菜、クスリやってたの？」

「えっ……知ってたんだ……」

　翼が前に言っていたっけ。

　陽菜はヤク中だって……。

「ウリで知り合ったおじさんに勧められてさ……それから何度かやっちゃって。正直ウリするの嫌だったからその時だけ記憶が飛んじゃうのが楽で……でも今はしてないよ!?　本当に!!　親にも話したらさ、すげー泣いてんの。それ見たらさ……私も何やってんだろうって、すっごい後悔したから……」

　陽菜がやめたって言うなら信じよう。

　この後悔しているような顔を見ると、本当にもうやめたんだと思う。

　やめるのがもう少し遅かったら手遅れになっていたかもしれないよね……。

　本当によかった。

「うん。よかった……陽菜は私にとっても大事な友達だから……もう絶対にダメだよ？」

　そう言うと、陽菜は照れくさそうに笑った。

なんでかな、陽菜が前と違って見える。中身が真面目になっただけじゃなく、優しくなったというか……幸せで満たされているような、そんな雰囲気。
　聞くと、１つ年上の先輩に告白されて付き合い始めたらしい。
　だからか……。
　陽菜の笑顔がすごくかわいくなったと思った。
　いろいろ男の人と遊んだりしていたけど、陽菜も本当に好きな人と出会えたってことだよね……。
　幸せそうな顔を見て安心した。
「だからね、美羽は気にしないで翼と幸せになってよ？……それをずっと伝えたかったんだ……」
　そう言われて私は自然と涙が出た。
　うん、幸せだった。
　翼といると幸せで満たされていた……。
　きっと今の陽菜のような顔をしていたと思う。
　でも……。
　その幸せもそう長くは続かなかったんだ。
　泣いている私に、陽菜はびっくりして起き上がった。
「何!?　ど、どうしたの!?　私なんか変なこと……」
　私は首を振った。
「違うの……」
　陽菜には、すべて解決したら言おうと思ったけど……。
　もう隠しきれないかもしれない。
　それに気づいた陽菜は、私のベッドに来て座った。

「美羽、私でよかったら話して？　1人でかかえ込まないでよ」
　陽菜の言葉がうれしくて、ますます涙が止まらなくなった。
　ありがとう陽菜……。
　私は今までのことを話した。
　翼とのことも、シホ先輩とのことも。
　陽菜は黙って聞いていてくれた。
　それだけでも、気持ちがすぅっと軽くなっていく気がするよ。
　陽菜の存在がこんなに大きかったなんて。
　もっと早く話しとけばよかった。
　翼と付き合った時も、一番に伝えればよかった。
　陽菜に話しながら、頭の片隅でそんなことを思っていた。

「……そっか……うん……かなりびっくりだね……」
　すべてを話し終えると、陽菜は大きなため息を1つついて私のほうを見た。
「でも、このままじゃ絶対ダメだよ。四条さんがちゃんと動いてくれてるかわかんないけど……今、翼を1人にさせちゃいけないような気がする」
「陽菜……」
「本当に犯人が翼ならさ、そんな軽い謝り方しなくない？　だって美羽のお兄ちゃんをひき殺したんだよ!?　なのに美羽のことを突き放して、もう何も詮索すんなって感じ

じゃん……そんなの翼らしくないっていうか……やっぱりなんか裏がありそう」
「うん、だよね。それに詮索されたくない理由が私にもわからなくて……秘密にしなきゃいけないことがあるのかな……？」
「もしかしたら……」
　陽菜は私の目を見つめた。
「もしかしたら翼は誰かをかばってるのかも」
「え……」
　誰かを……？
　てことは、翼は犯人を知っているの？
「あ、ごめん無責任なこと言って……でも犯人が翼じゃないとしたら、それしか考えようがないよ」
「確かにそうだよね……」
「でも、それならなんで翼はそいつのことをかばっているかだよね」
　誰なの？
　翼を苦しめている犯人は……。
　翼の身近にいる人なのだろうか。
「やっぱり……もう一度、翼に聞いてみる！　ちょっと行ってくるね!?」
　いても立ってもいられなくて、私はブレザーを羽織ってベッドから下りた。
「翼の先輩んちに行くの!?　危ないから私も行くよ！」
「ううん、大丈夫。陽菜は待ってて。あとでちゃんと連絡

するから」
　心配そうな顔をしていた陽菜を置いて、私は１人で保健室を出た。
　翼の口から本当のことを聞きたいし、苦しんでいるなら私に打ち明けてほしい……。
　先生に見つからないように外へ出た。
　翼、一場先輩のマンションにいればいいな……。

　電車を乗り継いで、一場先輩のマンション近くまでやってきた。
　何度も翼に電話したけど、やっぱり出てくれない。
　また部屋まで行かなきゃダメか……。
　マンションの中へ入ろうとした時、数人の男たちに囲まれた。
「え……!?」
　黒いスーツに身を包み、イカつくて怖そうな人たち。
「佐久間美羽さんですね」
　１人の男が私の近くに寄ってきてそう言った。
　心臓がバクバクして足が動かなくなった。
「なんで私の名前？」
「一緒に来てください」
　私の腕を引っ張ると軽々と持ち上げられ、
「きゃああ!!　何すんの!?」
　別な男に手で口を塞がれる。
　そのまま黒い車に無理やり乗せられると、車は勢いよく

発進した。
　車内では男が私の両手を後ろで縛っている。
「ど、どこに行くの!?」
「乱暴なことはしませんから、どうか大人しく言うことを聞いてください」
　こいつらなんなの!?
　私の名前を知っているし、どうしてあのマンションで待ちかまえていたの!?
　恐怖で頭も混乱している。

　しばらくして車のエンジンが止まり、私は外へ出るよう指示された。
　空気がひんやりとした建物の中へ入ると、エレベーターに乗せられた。
　一緒にいた数人の男たちは何もしゃべらない。
　それが余計に怖く感じる。
　ガチャ……。
　部屋に入る。
　その瞬間、両手のひもが外された。
　そこは広いオフィスだったけど、昼間だというのに黒いブラインドがきっちり閉められていた。
「ここって……」
「美羽」
　そう呼ばれて心臓が飛び出すくらい驚いた。
　だってその声は……。

「お父さん……」
　声がしたほうに顔を向けると、お父さんが黒塗りのソファに座って手を組んでいた。
　突然の再会に言葉が出ない。
　お父さんとは数ヶ月ぶりに顔を合わせた。
　少し……痩せたような気がする。
　家出をする前、お父さんとお母さんは毎日正気をなくしたように泣いていた。
　だけど、今ここにいるお父さんは、すごく冷たい顔をしていて怖いくらい。
「どうして……？　ここはどこなの!?」
「ここは私の事務所だ。秘密の場所……とも言うかな」
「秘密の……場所!?」
「お前が出ていってから、しばらくあとをつけさせてもらった」
「え!?」
　嘘でしょ!?　全然気づかなかった……。
「どこで誰と暮らし、どんなふうに稼いでいたのかも知っている」
　それって……ウリをしていたこともバレていたの……？
「そして誰と付き合っていたのかも」
「な、何が言いたいの!?　私はどうせ出来損ないだし、いらない子でしょ!?　放っておいてよ！」
「そうはいかないんだよ」
　お父さんの声が大きくなり、私に鋭い目つきですごむ。

こんなお父さんは初めて見たかもしれない。
　成績が悪かったり、夜遊びが見つかったりした時もお母さんには怒られていたけど、お父さんはただ黙って見ているだけだったから。
　しかも、私には関心がないような目で……。
「柊木翼とは別れなさい」
「なんで!?　どうして別れなきゃないの!?」
「あいつはダメだ、絶対……」
「別れない。私は翼とずっと一緒にいる！　勘当されたっていい」
　お父さんが舌打ちした。
「あいつは豪壮を殺したんだぞ!?」
「え!?」
　どうしてそのことを……。
「ずっと調べていたんだ。ひき逃げの犯人を」
「つ、翼はそんなことしてない！　ひき逃げなんか……」
「信じたくない気持ちもわかるが、あの日あいつを見たという目撃者も出ている」
　嘘でしょ……目撃者がいるって……。
　本当に翼が!?
　でも……でも……。
「私は絶対に信じない」
　私は仁王立ちになり、お父さんを睨みつけた。
　しばらく沈黙が続いたあと、お父さんはうなだれた。
「お前まで……いなくならないでくれ」

「今さら……？　ずっと私は孤独だったのに……お兄ちゃんの代わりになんて、なれるはずない！」
　私は勢いよく事務所を出た。
　追いかけてくるかと思ったのに、誰も来なかった。
　ほら……その程度なんだよ。
　勝手なこと言って。
　もう二度とあの家には戻らない。
　ごめんね……お兄ちゃん。
　私はエレベーターの窓から外を見つめる。
　そして、溢れてくる涙をグッと堪（こら）えた。

　1階につくと同時に、四条さんから電話が来た。
「四条さん!?」
≪美羽、連絡が遅くなってわりぃ！　あの日の夜のことわかったぞ！≫
「そ、それで……!?」
　バクバク心臓が鳴っている。
　信じたくないけど、さっきお父さんが翼が犯人だという証拠を持っていると言っていたから……。
≪やっぱりあの日は新年会だったわ！　そん時の写メも写真もある！　動画を撮ってた奴もいたから！　日付も入ってるし……ばっちり証拠になるぞ!!≫
　パアーッと、目の前が明るくなった。
　翼は犯人じゃない!!
「あ……ありがとう、ありがとうございます！　四条さ

ん!!」
≪いやー……別に。俺も翼のこと助けてやりてーとは前から思ってたしな……早く真犯人見つけねぇとな≫
「はい!!」
　翼は濡れ衣を着せられているだけだ！
　お父さんが持っている証拠も、きっと人違いのはず！
　私はうれしくなって翼に電話したが、やっぱり繋がらなかった。
　今、どこで何をしているの……？
　翼……会って抱きしめたいよ。
　その後、学校に戻って陽菜にも話したら大喜びで抱きつかれた。
　だけど。
　真実はまだ闇の中に隠されているということを……。
　私はこの時まだ知らなかった。
　お兄ちゃん、ごめんね……。
　お兄ちゃんはずっと私に伝えたかったのに。
　気づかなくてごめんね。

3章

兄が伝えたかったこと

　陽菜と仲直りした日から、陽菜の家にしばらくいさせてもらうことになった。
　陽菜のお母さんには最初断られたけど、落ちついたら親とちゃんと話し合うっていう約束をした。
　マン喫の狭さにはもうウンザリだったから本当にありがたくて、一緒に説得してくれた陽菜にも感謝しかなかった。
　お父さんと再会してから２日後の朝、突然翼から電話が来た。
　今まで全然出てくれなかったのに……。
　少し緊張しながら通話ボタンを押す。
《美羽？》
　久しぶりに聞く愛しい人の声。
　胸がきゅーんとなって苦しくなる。
「翼……」
《電話、出られなくてわりぃ……》
「ううん！　……今どこにいるの!?」
《ダチんとこ。これから仕事に行くんだけど……その前に美羽に言いたいことあって》
「え……？」
《昨日の夜、四条さんにいろいろ聞いた。犯人が俺じゃないって証拠掴んだって……》
「そうだよ!!　ちゃんと証拠はあるんだよ!!　やっぱり翼

じゃなかったんでしょ!?」
≪美羽……なんでそんなに俺のこと信じられんの?≫
「翼が……私のこと信じてくれていたからだよ」
≪は?≫
「ウリをやめたって言った時も、必要以上に私のこと詮索しないで、ずっと信じてくれてた……それがすごくうれしくて」
≪……≫
「だから私も、翼は絶対ひき逃げするような人じゃないって信じてたよ」
≪美羽……ありがとな。本当に……≫
　翼の声が、少しかすれているみたい。
　もしかして泣いているのかな……。
≪今日会える?　お前にいろいろ話したいことがある。仕事早く終わらせて迎えに行くから≫
「うんうん!　会えるよ!!　待ってる!!」
≪わかった。じゃあまた連絡する≫
　翼に会える……。
　この場で飛び跳ねたいくらいうれしくて、どうにかなってしまいそうだった。

　今日は今までで一番真面目に勉強したかも。
　いつもはダルくてサボッていた体育も出たし。
　先生たちはそんな私を物めずらしそうに見ていた。
　そのくらい気分が上がっていたんだ。

放課後、翼の連絡を待っていたけどなかなか来なかった。
「美羽〜。翼、何時に来るの？」
「もうすぐだと思うんだけど……」
「私、先に帰っててもいい？」
　陽菜はそう言って、教室のドアのところにいた男子生徒に手を振った。
　陽菜の彼氏だ……。
「いーよいーよ！　そのうち来るだろうし、先輩と帰ってて〜」
「りょ！　またあとでねぇっ」
　足取り軽やかに先輩のほうへと走っていく陽菜。
　かわいいなぁ……。
　先輩も優しそうだし、陽菜のことをすごく大事にしているみたい。
　本当によかった……。
　私は2人の後ろ姿を見つめたあと、自分のスマホに目を向けた。
　まだ……来ない。

　教室でしばらく待ったけど、17時半をすぎてもまだ連絡が来なかった。
　残業とか……あるのかな？
　変な胸騒ぎもしていたけど、考えないようにしていた。
　電話にも出ないし、メールも返ってこない。
　どうしたんだろう……。

18時近くになり、ようやく翼から着信が来たのでワンコールで取った。
「翼？」
≪……≫
　呼んでも返事がない。
　ドクンドクンと心臓の音が大きく鳴る。
「翼!?　どうかしたの!?」
≪み……う≫
　明らかに体調が悪そうな声。
　なんだか少し苦しそうな感じもする。
「どーしたの!?　具合悪いの!?」
≪わりぃ……きょ、今日あ……え……ねぇ……≫
「え!?」
≪よう……じが……できちま……≫
「嘘!!　今どこにいるの!?　私そっちに行くから!!」
≪来るんじゃねぇ!!≫
　力いっぱい叫ばれた。
　驚いて一瞬怯んでしまった。
≪絶対……来るんじゃねー……俺は大丈夫だから……気に……すんな……よ……≫
　気にしないなんて無理に決まっている。
　何を隠しているの!?
　いくら問い詰めても翼は教えてくれなかった。
　その時、電話ごしに聞き覚えのある音楽が聞こえてきた。
　……あそこのアーケードでよく流れている曲だ！

「翼！　とにかく動かないでそこにいてよ!?」
　電話を切ると、私は急いで学校を出た。

　あのアーケード付近に翼はいる……。
　私は無我夢中で走った。
　電話ごしに聞こえてきたメロディ……。
　確かこの辺なんだけど……。
　キョロキョロとくまなく捜しても、翼らしき人はいない。
　電話にも出てくれない。
　私はアーケードから少し離れた路地裏に入った。
　翼……何があったの!?
　怖くなって手が震えてくる。
　せっかく会えると思っていたのに……。
　その時、私は目を疑った。
　あれ……あの靴って……。
　ビルとビルの間の細い隙間(すきま)に、翼が倒れている。
　私は全身の血の気が引いた。
　そこに倒れていた翼は、顔には殴られたような痕もあり腫(は)れ上がっていた。
「翼!?」
　大声で駆け寄ると、翼の体がビクッと動いた。
「く……くんなよ……」
　目も腫れ上がっていて、うまく開けられないようだった。
「誰にやられたの!?」
「いーから俺から……離れてろ！　まだ近くにいるかもし

んねぇ……」
　ボロボロの体で起き上がろうとしている。
　足の骨、折れているかも……。
「動いちゃダメ!!　私なら平気だから!!　いざとなったら大声上げるし！」
　私は翼を肩にかかえて立ち上がろうとした。
「やめ……ろ！　無理だっ……」
「無理じゃない！　少しは私の言うこと聞いてよ！」
　火事場の馬鹿力っていうのかな、ありったけの力を出して翼を持ち上げた。
　あとから思えば救急車のほうがよかったんだろうけど、この時は、とっさにタクシーを呼び止めて翼を乗せた。
　私たちを見た運転手は驚いた顔をしている。
「お客さん大丈夫ですか!?　救急車を呼んだほうが……」
「いいから！　近くの大きい病院に行ってください!!」
　運転手は私の迫力に圧倒されたのか、黙って頷いた。

　病院につくと、翼はすぐに担架(たんか)で運ばれた。
　私はタクシーの中で翼に声をかけることしかできなかったけど……。
　冷や汗がすごくて、意識が朦朧(もうろう)としているようだった。
　あんな翼を見るのは初めてで、私も全身が震えていた。
　いったい誰が!?
　翼と繋がりがある暴力団の人たち!?
　しばらくして医者に呼ばれ私は中に入った。

険しい顔をした医者は誰にやられたのかと、倒れていた時の状況などを私に聞いてきた。
「彼に聞いても答えようとしないんですよ……でもひどいケガですし、これは立派な傷害事件ですからね」
　医者の質問に私も答えることができなかった。
　私だって何もわからない……。
　翼は、いったい誰にやられたのか……。

　病室に行くと、翼はベッドの上でスマホをいじっていた。
　顔は腫れていて痛々しい。
「翼……起き上がってて大丈夫なの？」
「あー……うん」
　私が来たのに気づくと、スマホをいじるのをやめた。
「足……痛いでしょ」
「いてぇよ、全治1ヶ月だって。勘弁してほしーわ」
　ハハッと声を上げて笑っている。
　笑えないよ……翼。
　そんな私を見て、翼の顔からも笑顔が消えた。
「わりぃな……」
「いったい誰にやられたの!?」
「知らねー奴……」
「嘘!?　あのぼうりょ……」
　翼が、とっさに私の口を塞ぐ。
「ここで言うな」
「ご、ごめん……」

「いってぇ……」
　急に腕を伸ばさせちゃったせいか、翼が脇腹を押さえて痛がっている。
「大丈夫!?　本当に……ごめん‼」
　必死に謝っていると、翼がフッと笑った。
　そして左手で私の頬をそっと触る。
　翼のぬくもりが久々すぎて泣けてきた。
「お前にケガなくてよかった……」
　こんな時も私のことを考えてくれるなんて……。
「本当に知らない人……なの？」
「ああ。仕事が終わって美羽の学校に向かってたんだよ。アーケードから路地裏に出た瞬間に囲まれてさ、黒ずくめの男５人くらいに」
「黒ずくめ？」
「あー。最初は知ってる奴らかと思ったけど見たこともねぇし、しかも、すげーつえーんだよ。あれは普通の人間じゃねぇ……」
　翼、ケンカ強いって言っていたのにこんなにボコボコにされるくらいだもん……。
　でも黒ずくめって……。
「もしかしたら……うちのお父さんが雇ってるボディーガードの人たちかもしれない」
「は？　ボディーガード？」
　翼にこの前の出来事を話した。
　お父さんが翼を犯人だと疑っていることも。

「マジかよ……お前、大丈夫だったのか!?」
「私はなんともないよ？　ただ……お父さん、私が翼と付き合うこと反対してたから……」
「そりゃそうだよな、犯人だって思ってんなら……つーか、その俺が犯人だって証拠を持ってるって……それ聞いて美羽も俺のこと疑わなかったのかよ？」
　私は首を横に振った。
「疑わないよ、ずっと信じていたから」
　次の瞬間、私は翼の胸の中にいた。
　ぎゅっ、ってされるの久しぶりでドキドキする。
「あー……やべぇ、ほんと好きすぎる」
「うん……私も」
　翼が私の顔を見つめている。
「美羽……ひどいことして……マジで悪かった。俺のこと殴ってもいいから」
「ケガ人にそんなことできるわけないじゃんっ」
「でも……そうでもしねーと俺の気がすまねぇ」
「翼だって十分悩んでいたんだもん……しょうがないよ。でも……どうして犯人のフリなんてしたの？　私はそれが知りたい……」
　翼は少し考えてから口を開いた。
「こんなこと美羽に言うつもりなかったんだけど……」
「どんなことでもいいから話して!?」
「俺が犯人に仕立て上げられてるってわかったらショック受けると思ったんだ。だからその前に嫌われといたほうが

お前もまだ気持ちが楽だろうと思ったんだよ。でも美羽はいくら突き放したって嫌いになってくんねぇんだもんな」
「嫌いになんて……なれるはずないよ」
「うれしかった。……って、わりぃな。あんな態度とっといて、内心はうれしいとかって」
「そーだよ！　私すごい辛かったんだから……」
「マジでごめん……。お前にはすべてを言うべきだった」
　翼は俯いて苦笑いしている。
「俺の親父さ……実はちょっと前に見つかってた」
「え！」
　翼のお父さんって、確か翼が13歳の時に姿を消したって……。
「うちの幹部が、ずっと俺の親父を捜してたらしくてさ」
「そうなんだ……翼のために!?」
　悪い人たちだとばかり思っていたから驚いた。
　すると翼の顔が歪んだ。
「俺のためにあいつらが動くはずねぇよ……最初からそれをダシにして俺を使うつもりだった」
「え!?」
「親父は隣県の工場で働いてたらしくて。写真も撮られてて俺も確認ずみなんだけど。言うこときかねぇと親父をヤるって言われてさ」
「ひ、ひどい……」
「まぁ……俺を捨てた奴のことなんてどーでもいいって思ってたんだけど……実際に写真を見るとダメだよな、許

せなかったはずなのに」
「本当のお父さんだもん……当たり前だよ」
　そんな翼の思いを、翼のお父さんは気づいているんだろうか。
「ん……だから俺はあいつらの指示に従うしかなかった」
「それが……うちのお兄ちゃんをひいた犯人になりすませってことなの……？」
「ああ。でも理由は知らねぇんだ」
「ひどい……どうしてそんなことできるんだろう!!　本当の犯人は誰なの!?」
　翼は首を横に振った。
「わりぃ……それは俺にもわかんねぇ……。でも幹部の奴らか、組のモンだと思う」
　翼もわからないなんて……。
　その時、翼が私の手を握った。
「俺さ……お前のために動いてみようと思ってる」
「え？」
「親父のことがあったから今まで下手に動かずあいつらの指示どおりに過ごしてきたけど……ちょっとずつ探り入れてみようかと思って」
「ダメだよ！　危ないことは絶対やめて!?」
「大丈夫、バレねぇようにするから。四条さんも手伝ってくれるって言ってたしな」
　四条さん……。
　感謝してもしきれない。

でも、これ以上、翼を危ない目に遭わせたくない……。
「お前の兄貴のためにも、真相を暴いてやりてーんだよ」
「うん……」
　翼の気持ちはすごくうれしい……。
　でも、不安のほうが勝っている。
　お父さんも翼が犯人だと勘違いしているし……。
　１日も早く真犯人を見つけて、翼じゃないってことを証明したい。

　翌日の放課後、私は実家の前にいた。
　なぜかというと、お兄ちゃんの事故当時のことをお母さんに聞こうと思ったから。
　あの頃も私は親とあまり会話がなくて、お兄ちゃんがどんな様子で亡くなったのか詳しく聞かなかった。
　というか……聞けなかったんだ。
　お兄ちゃんの死を受け入れられなかったから……。
　でももう逃げない。
　翼やお兄ちゃんのためにも私が頑張らなきゃ。
　……とは思うものの、家の前についてからしばらくウロウロしている。
　どうしよう……。
　今の私、完全に不審者だよね……。
　また明日にしようかな……って、何度思ったことか。
　でも、陽菜のお母さんとも約束したし……。
「美羽さんっ」

その時、聞き覚えがある声に呼ばれて振り返った。
そこには、お手伝いさんの梶原さんが立っていた。
梶原さんは15年間も私の家に家政婦として勤めている50代の女性で、私のことも小さい頃からかわいがってくれていた。
お母さんよりもずっと……お母さんのような人だった。
梶原さんは口を押さえて驚いている。
「美羽さん……!!」
今にも泣き出してしまいそうなくらいの、くしゃくしゃな表情だった。
「梶原さん……久しぶりだね……」
「今までどこに行ってらしたんですか!? 私、心配で心配で……!」
私の両肩を掴むと、目から大粒の涙が溢れていた。
それを見て胸の奥が、ぎゅーっと掴まれたような感覚になる。
「ごめんなさい……今は友達の家にいるから安心して」
「……美羽さんがいなくなってから、家の中がますます暗くなりました……」
「そんなことないんじゃない? 私みたいな邪魔者がいないほうがお母さんとお父さんだって……」
「いえ!! とんでもないです! 奥様と旦那様は、美羽さんが家出してからしばらくの間、必死に捜してたんですよ!? ただ、大事にしたくないから警察には届けずにいたみたいですが……」

ボディーガードに頼んでこっそり私のあとをつけていたんだもんね……普通そういうことは娘にしないよ。
「それから……美羽さんに渡したいものがあったんです。家に入れられますでしょう？」
「うん……でもお母さんたちいるの？」
「お２人ともお仕事で今はいませんが……電話すればすぐに来てくださるかと！」
　梶原さんはポケットから自分のスマホを取り出した。
「や、いーから！　連絡しないで！」
「でも……せっかく美羽さんが帰ってきてくださったんですから……」
「いーの……お願い……」
　梶原さんは少し寂しそうに「わかりました」と言い、私を門の中へと入れた。
　お母さんたちが仕事でいないと聞き、ホッとした。
　どんな顔で会えばいいのかわからなかったから。
　まだ……心がまえができていないし。

　久しぶりの家の匂い。
　お兄ちゃんが死んでから、この家に帰るのがますます嫌になったんだっけ。
　広すぎる玄関も、長い廊下も、そこに飾られているどこがいいのかわからないよーな絵画も、何も変わっていない。
　私は数ヶ月前から、ここに帰ってきたくなくて夜遊びや無断外泊をしまくっていた。

だからここの玄関にいると思い出して頭が痛くなる。
　私はリビングの大きいソファにカバンを放り投げた。
　そして、おもむろにソファに横たわる。
『お前までいなくならないでくれ』
　この前、お父さんが呟いた言葉が頭をよぎる。
　私なんて最初からいなかったようなものでしょ？
　今さらなんなの？
　私に何を求めているの？
　あれこれ考えていると、梶原さんが紅茶をいれてくれた。
　それとともに、手紙のようなものを差し出された。
「これは？」
「豪壮さんが美羽さんに宛てたものだと思います」
「え!?　お兄ちゃんが……!?」
　予想外すぎて驚いた。
　お兄ちゃんから手紙なんかもらったことないのに……。
「亡くなったあと、お部屋の掃除をしていて見つけたのですが……旦那様や奥様宛の手紙はございませんでした」
　お兄ちゃん……私にだけ書いてくれたの!?
　なんで!?　まるで遺言書みたい……。
　心臓がうるさく鳴り響き、手紙を持つ手が震えた。
　ビビッているのか、すぐに封を切れない。
　それを察した梶原さんは「ごゆっくりしていってくださいね」と、気をきかせてリビングから出ていってくれた。
　フゥーーーっと大きく深呼吸してみる。
　もしかしたら、何か事故の手がかりになるようなことが

書いてあるかもしれない。
　私は恐る恐る封を切った……。

　美羽へ
　突然、こんな手紙を見て驚いていることだろう。
　美羽がこれを読んでいるということは、俺はもうこの世にいないんだな。

　どういうこと？
　お兄ちゃんは自分が死ぬことを知っていたの!?
　だけど、なんで……。
　頭の中は混乱していたけど、すぐに手紙に目を戻す。

この手紙を書いた理由、それは父さんの悪事をなかったことにしたくないからだ。
俺は先月、父さんの病院の院長室で信じられないことを聞いた。
ドアが少し開いていたから父さんが誰かと電話しているのを偶然聞いてしまったんだ。
臓器移植というのを知っているか？
病気や事故によって臓器が機能しなくなった場合に、健康な人の臓器を移植して、機能を回復させることだ。
父さんは肝移植患者のドナー探しを、1千万円払って暴力団に頼んでいたらしい。
そして、暴力団側も金に困っている奴を見つけてドナー

にし、その人に金を渡すつもりのようだった。
どうしてそこまでして父さんがドナーを探していたのかは話してくれなかったが、どんな理由があるにしてもそれは違法行為なんだ。
俺はそれもショックだったけど、ヤクザと関わりがあったのも信じられなかった。
曲がったことが嫌いな人がなんで……って。
俺がそれを知ったと父さんが気づいた時、かなり焦っていたよ。
最初は、ずいぶん言い合いにもなった。
こんなことは間違っていると、何度も説得したんだ。
でも父さんは、俺に聞かなかったことにしろと言ってきた。
もう無理だと思ったよ。
父さんにもその意思を話した。
隠すことはできないって。
そしてその時、同時に覚悟したんだ。
もしかしたら俺は殺されるかもしれないって。

暴力団って……お父さんそいつらと繋がっていたの!?
……何それ!? なんで!?
どうしてそんなことに……。
私は呼吸が止まりそうになり、必死に息を吸った。
心臓が嫌な音を立てるのを感じながら、私は再び手紙に目を戻す。

証拠を探しに、俺は何度も父さんの目を盗んで院長室へ忍び込んだよ。
でも何も見つからなかった。
だから俺はできる限りのことをしようと思った。
証拠は見つからなかったけど、俺が父さんのことをこの手紙に書き記しておけば少しは役に立つと思って。
なぜこの手紙をお前宛にしたかというと、母さんに先に読まれたらなかったことにされる恐れがあったからだ。
母さんは父さんのことを本当に信じているから。
だから美羽、お前に託したんだ。
どうかお前から母さんにこのことを伝えてほしい。
無理に1人で動いたりするな。ヤクザの世界は想像以上に恐ろしいところだから。
それから……お前のこと、守れなくなってごめん。
美羽は昔から我慢強かったよな。
人前では絶対に泣かなかったくらい。
いつからか、母さんや父さんに怒られても泣かなかった。
でも、1人になった時に泣いていたのを知っていたよ。
俺はお前のそばにいて、話を聞いてやることしかできなかったな。
父さんも母さんも、お前が嫌いなわけじゃない。
ただ、美羽のためを思って厳しいだけなんだ。
それだけはわかってあげてほしい。
俺の代わりに、お前を守ってくれる人が現れてくれるといいんだけど。

それだけが心配なんだ。
　美羽、自分を大切に生きろよ。
　これからはそばにいてやれないけど、いつも見守っているから。
　美羽なら大丈夫だ。
　自分を信じて、生きてほしい。
　豪壮

　思わず、くしゃっとしてしまいそうなほど、手紙を持つ手に力が入っていた。
　お兄ちゃん、いるよ。
　私のこと守ってくれる人が。信じてくれる人たちが。
　だからもう、心配しないで。
　手紙に涙が落ちて字がにじんでしまった。
　お父さんが……そんなことをしていたなんて。
　お兄ちゃんは死ぬ覚悟をしていたみたいだった。
　どれだけ怖かったんだろう。
　私には何も言ってくれなかった……。
　巻き込まないようにしてくれていたんだろうけど、相談してほしかったよ……。
　そしたら、お兄ちゃんが死ぬことはなかったかもしれないのに。
　お兄ちゃんの死に……お父さんが関わっているかもしれない。
　信じられないことだった。

怒りと恐怖と、いろいろな感情が入り混じって体が震えてくる。
　お兄ちゃんだって、お父さんが違法なことしているって信じたくなかったはず。
　なのに命をかけて、正面からぶつかってくれたんだ。
　本当に強い人だった。
　強くて頼もしくて、自慢のお兄ちゃんだった。
　それなのに……どうしてなの？　お父さん……。

　カタン……。
「美羽っ」
　振り返ると、そこには驚いた顔をしたお母さんがこちらを見ていた。
　仕事だって聞いていたのになんで!?
　しかも、すごく痩せたのは……気のせい？
「梶原さんから聞いたの……美羽がうちに帰ってきたって」
　梶原さん……連絡しなくていいって言ったのに。
「帰ってきたわけじゃないよ……」
　私は、お母さんから目をそらして俯いた。
「美羽、今どこにいるの？　何も連絡よこさないで……」
「お父さんから聞いてるんじゃないの？」
「え!?　何を？」
　お母さんは〝本当に知らない〟といった顔をしている。
　どうして!?
　お父さんはボディーガードに私のあとをつけさせてい

た。それはお母さんも知っていると思っていたのに。
「あの人……私にまた隠しごとしているのね……」
「また……って!?」
「豪壮の事故があってから……いえ、その前から少しおかしいと思っていたの。お父さんらしくない発言をしたり、突然頭をかかえ込んで何か悩んでいたりね……聞いても何も言ってくれなくて」

　お母さんはお父さんがやっていることを、何も知らないんだ……。

　お兄ちゃんの手紙のこと話したらどう思うかな、信じてくれるかな……。

　お兄ちゃんからの手紙だし、信じるよね。

　お母さんは私の言うこといつも信じなかったけど、お兄ちゃんの言葉はいつも信じていたもん。
「美羽……この家に帰ってこない?」

　突然、思いもよらないことを言われて驚いた。

　お母さんは近づいて私を抱きしめてきた。
「今さらだって言われてもしょうがないと思ってる。豪壮を気にかけてばかりで美羽のことはいつも二の次だったものね……でも、いなくなって気づいた。あなたが私たちに訴えていたんだってこと」
「お母さ……」

　なんて言ったらいいのかわからず、私はお母さんにされるがまま抱きしめられていた。
「私は危うく、あなたまでもを失うところだった……」

「でも……私、お母さんたちの理想の子どもじゃないよ？頭も悪いし迷惑ばっかりかけて……」
「そうさせていたのは私たちだった。もっとあなたの言葉に耳を傾ければよかったのよね……本当にごめんね……」
　お母さんの目には涙が浮かんでいた。
　お兄ちゃんのことで泣いているのはたくさん見てきた。
　でも今は、私のことで泣いている。
　そんなこと初めてだった。
「お、お母さん……」
　私はお母さんの背中に手を回して力を込めた。
　ずっと寂しかった。
　私はお兄ちゃんのような理想の子どもにはなれないから、愛されないと思っていた。
　本当はね、こうやって抱きしめてほしかったんだ。
　これでもか、というほど私は泣いた。
　お母さんの前で泣いたのは、いつぶりだろう……。

　私が泣いている間、お母さんは私の背中をずっとさすってくれていた。
　その手が温かくて、優しくて、余計に泣けてしまう。
「帰ってきなさい。ここはあなたの家なんだから」
「うん……」
　お父さんのこと……話してしまいたい。
　でも傷つけたらって思うと、切り出せない。
「美羽……さっき言っていたことだけど……あなた、お父

さんと会ったの？」
「え？」
「美羽が家出をした時、お父さんが言っていたの。あなたは友達といるから心配ないって。私はてっきり２人が会って話したのかとばかり……」

　ドキッとした。

　ボディーガードのこと知らないんだ……ということは、この前、連れていかれたあの場所のことも……。

　そういえばあの時、お父さんは『秘密の場所』とも言っていた。

「お母さんは……お父さんの秘密の場所のことを知ってるの？」

　この前、連れ去られたこと、お父さんがお兄ちゃんをひき殺したのは翼だと勘違いしていることを話した。

　お母さんは眉間にシワを寄せて、近くにあったソファに座った。

「だ、大丈夫？」

　顔色もよくないような……。

　やっぱり話さないほうがよかった？

「ええ……でもあの人がそんなことしていただなんて……毎日こんなに近くにいたのに、全然気づかなかった」
「あのさ……お父さんって……ヤクザの人と繋がりあったりする……？」
「え!?　どうして!?」

　私は、お母さんにお兄ちゃんの手紙を差し出した。

違う日にしようかとも思ったけど、お母さんも仕事が忙しいし、2人っきりの今が一番話しやすいと思ったから。
「この字……これって豪壮の字じゃない！」
　お母さんは私から手紙を受け取ると、震えながら中身を取り出した。
「お兄ちゃんが死ぬ前に私に書いてくれたものらしいんだけど……お母さんにも読んでほしい」
　口に手を当てて涙を堪えながら読んでいる。
　私はお母さんの隣に座って寄り添っていた。

「お兄ちゃんは殺されると感じていたみたいで……」
　少しして私がそう言って立ち上がった瞬間、お母さんがソファにバタンと倒れた。
　え……。お母さんの顔が真っ青!!
「か、梶原さんっ!!」
　そう叫ぶと梶原さんが飛んできた。
「美羽さんが家を出られた頃から、奥様の顔色がよくなくて仕事も頻繁に休んでらして……」
「そうだったの!?」
「ええ、美羽さんのことも考えていたので疲れもたまっていたんでしょう」
　それなのに……。
　私がこんな話をしたからショックで!?
「ど、どうしよう……私のせいだ」
「何をおっしゃってるんですか！　とにかく奥様を寝室へ

運びますよっ」
「うん！」
　私は梶原さんとお母さんをかかえて寝室へ向かった。
　なんだか軽い気がする。体も細くなったような……。
「奥様は……豪壮さんが亡くなってからはもちろんのこと、美羽さんが家を出られてからはほとんど食事をとらなくて……朝に野菜ジュースを少しだけという日もあって……。体調もすぐれない日も続き、実は、美羽さんが家を出られてからすぐに入院もされていたのです」
　梶原さんはそう言いながら目頭を押さえた。
　入院!?
　しかも……食べていないなんて死んじゃうじゃん！
「梶原さん、お母さんはなんで入院したの？」
「旦那様からは『急性肝炎』と言われていましたし、奥様も何もおっしゃらないのでわからないのです……」
　急性肝炎？
　お母さんの顔を見ると、本当にゲッソリしていて色白だった。
　私は……なんて親不孝者なんだろう。
　お母さんの部屋でまた泣いてしまった。
　梶原さんはそんな私の肩にそっと手を置いた。
「今夜はこの家にいてくださいね？　奥様が目覚めた時、きっと喜ばれますから」
　私は泣きながら頷いた。

陽菜にも電話で今日あったことを伝え、私は数ヶ月ぶりに自分のベッドに入った。
　部屋は私が出ていった時よりきれいになっていて、掃除も行き届いていた。
　お母さんは、私がいつでも帰ってこられるようにしてくれていたんだ……。
　もっと早く話し合えばよかったな……。
　そんなことを思いながら眠りについた。

明かされた真実

　朝、メールの着信音で目が覚めた。
　天井を見て、一瞬どうして自分の部屋にいるんだろうと思ったけど、すぐに昨日のことを思い出した。
　私、家に帰ってきたんだっけ……。
　スマホを見ると翼からメールが入っていた。
　翼には家に帰るとだけ伝えていたから、心配してくれているみたい。
　あ、そういえばお母さん……大丈夫かな……。
　私はベッドから下りて急いでリビングへ向かった。

　リビングの扉を開けると、お母さんがパジャマのままソファに座っている。
　髪がボサボサで驚いた。いつも完璧なお母さんだったから、こんな姿は見たことがない。
　何か考えごとをしているのか、ボーッとしている。
「お母さん!?　起きてて大丈夫なの!?」
「あぁ……美羽」
「寝てなよ！」
「大丈夫よ……もう元気だから」
　少し笑っていたけど、その顔はまだ白く、具合が悪そうだった。
　やっぱり昨日、手紙を見せるんじゃなかった……。

私はひどく後悔した。

　梶原さんの言うとおり、お母さんの体調は一進一退で、仕事を休んで寝込んでいたり、仕事に行っても早退したりする日が多かった。

　私と顔を合わせる時は元気を装っていたけど、無理をしているのは一目瞭然だった。

　しかし、お母さんの体調とお父さんは事務所か病院に泊まりで家に帰ってこないことを除けば、実家での生活は平和そのもの。

　電話やメールだったが、入院中の翼とも連絡はマメに取り合うようにしていた。

　そして、実家に戻ってきて1ヶ月がたち、翼が退院。

　それからさらに3日が経過し、学校帰りに翼と会う約束をした日の朝だった。

　学校に行く仕度をすませてリビングに行くと、いつもどおり顔色のすぐれないお母さんがいた。

　お母さんと一緒に、梶原さんの作った朝ご飯を食べる。

「美羽、あなたに伝えておきたいことがあるの」

　その言葉に顔を上げると、お母さんは真剣な眼差しで私を見ていた。

　その目には涙がにじんでいるようにも見えて、ドキッとした。

　しかし次の瞬間、お母さんはお腹を押さえながらうずくまった。

「お母さん!? どこか痛いの!?」
「え、え……ちょっとお腹が……」
　ちょっとどころじゃない。お母さんの額にはたくさんの汗、そして顔色がますます悪くなってきている。
　私は急いで梶原さんを呼んだ。
　お母さんの意識も朦朧としてきたようで、私たちの呼ぶ声にも応答しなくなってきた。
　どうしちゃったの!?
　手の震えが止まらず、自分の心臓がうるさく鳴り響く。

　救急車を呼んでお父さんの病院に担ぎ込まれたが、そこでもお母さんの意識はハッキリとしていなかった。
　お父さん、今日は病院にいるのかな……。
　でも１人で会いに行くのは怖かった。
　お兄ちゃんの手紙を思い出して……。
　あの冷たい目も、もう見たくない。
　待合室で梶原さんと待っていると、翼から電話が来た。
「翼！」
≪美羽!?　連絡ねーし、心配したんだけど。お前、今どこにいんの？≫
　翼の声を聞いてホッとした。
　私はお母さんが倒れたことを話した。
　気が動転していてうまく話せないし、手もまだ震えている。
≪今からそっちに行くから！≫

翼は、すぐに駆けつけてくれた。

きっとバイクを飛ばしてきてくれたんだろう。

病院の入り口のところで私を見つけると、走ってきて私を抱きしめた。

「大丈夫か!?」

ぎゅっ、とされるとすごく落ちつく。

震えが徐々に治まっていくみたい。

「忙しいのにごめんね……翼……」

「何、言ってんの。そんなこと気にすんなよ！ それより美羽の母ちゃんは？」

「今、処置室にいて……」

その時、梶原さんが走って私たちのところにやってきた。

「美羽さん、今から旦那様が奥様の容態を診てくださるそうで……」

「そ、そうなんだ……」

先日会った時のお父さんの顔がふっと脳裏をよぎり、怖くなる。

「旦那様は実績のある凄腕のお医者様ですからきっと大丈夫ですよ！ 詳しいことはあとでお話ししていただけるそうですし……」

お父さんがお母さんを診ているなら大丈夫だと信じたいけど……。

梶原さんの言っていたとおり、お父さんは腕のよい外科医で手術も数多くこなしてきた。

でも……今はお父さんを信用できないでいる。

隣にいた翼が、私の右手をぎゅっと握ってくれたから気持ちを落ちつかせることができた。
「大丈夫だ、絶対」
　何度もその声が私の鼓膜の中でこだました。
　翼の声は私の心を優しく撫で、包み込んでくれているようだ。

　しばらくして、診察室からお父さんが出てきてドキッとした。
　そしてこちらに気づき、驚いた顔をしている。
　そうだ……翼も一緒にいるから……。
　ゆっくりと私たちのほうに向かって歩いてくるお父さんは、自分の父親じゃないみたいだった。
　兄の手紙を読んでから、父親だとは思えなくて。
　そんなお父さんに、横にいた翼は立ち上がって深く頭を下げた。
「君は……」
「こんな大変な時に突然すみません。美羽さんとお付き合いさせていただいてる柊木翼といいます」
「柊木……君が……」
　お父さんの眉間にシワが寄っていた。
　私は慌てて「翼は心配して来てくれたの！」とフォローしたが、聞いていないようだった。
　お父さんは翼の顔をしばらく見つめていて、翼のほうも目をそらさずお父さんを見ている。

「あ……それでお母さんは!?　大丈夫なの!?」
　私はその不穏な雰囲気を取り払うかのように、力のこもった声を上げた。
「今は眠っている」
「そう……なんだ」
「ちょうどいい。お前に話しておきたいことがあったから」
　ドクンと、大きく心臓が動き、体が強張った。
　すると、
「君も一緒に来なさい」
　と、お父さんが翼に声をかける。
　翼は私の顔を見て柔らかく笑うと、そっと私の手を握ってくれた。
　翼がここにいてくれて本当によかった……。

　案内された部屋は、病院内でも人気がない端のほうにある部屋だった。
　お父さんは私たちを近くにあったイスに座らせ、自分も近くのイスに腰かけた。
　そして短く息を吐くと、私たちのほうを見た。
「まず……美羽に伝えなくてはいけないことがある」
　私はゴクッと、つばを飲み込んだ。
「な、何……」
「佐恵子は……母さんは、肝臓がんなんだ」
「え……」
　想像もしていなかったことを言われ、頭が真っ白になる。

肝臓がん……？
「お前に話さなくてはと思っていたが……先日会った時も話しそびれてしまった」
「う、嘘でしょ!?　お母さんが!?　いつ……がんだとわかったの!?」
「１年半ほど前……定期的に受けている健康診断で異常が出て、再検査で、がんが見つかった。その時すでに末期で手術もできる状態になかったんだ……」
「そんなに前……」
　お兄ちゃんがまだ生きていた頃だ……。
「ただ、その時はまだ症状も出ていなくて元気でな。だから、母さんには告知もしていない……。だけど、手術はできない。だから、私は裏で肝移植の準備を始めていた」
　やっぱり……お兄ちゃんの手紙に書いてあったことと関係があるの？
　お父さんは淡々と話しているように見える。
「でも……まず、私や親戚間での生体肝移植が無理だったんだ。お前たちは未成年だったし。脳死された方からの肝臓をいただく脳死肝移植にも登録していたが、ドナー探しが難航して……今日まで来てしまった。母さんは今、腹水がたまっていて……余命は３ヶ月くらいかもしれない」
　私は「嘘!?」と叫んで立ち上がった。
「余命３ヶ月って……どうして!?　他に治す方法はないの!?」
　俯いていていたお父さんが顔を上げた。

「ああ……。あらゆる手段を考えたよ。毎晩寝ずに……」
「そんな……」
　確かにお母さんは痩せ細っていて、食欲もないと言っていた。
　その原因が、がんだったなんて。
　頭の中が混乱しておかしくなりそうだ。
「母さんにはそろそろ言おうかと思っている。職業柄、もう……気づいているかもしれないがな……」
　そういえば今朝、私に何か言おうとしていた。
　もしかしてこのことを私に伝えようと⁉
　私はその場に立ち尽くしていた。
　お母さんの死が、間近に迫っている。
　信じたくないけど、お父さんがドナー探しをして罪を犯したと言っていたお兄ちゃんの手紙の内容と、つじつまが合う。
　ショックすぎて、言葉も出てこなければ涙も出てこない。
「お前……家に帰ってきてたそうだな。ちょうどいいタイミングだった。母さんの最期を……みとってあげなさい」
　悲しむ様子がまったくないお父さんに、イラ立ちが隠せなかった。
「ちょうどいいタイミング？　がんと知ってから１年半もあったのに何してたの⁉　他に方法があったんじゃないの⁉　凄腕の医者とか言われてるくせに、こういう時に役に立たないなんて、ただのヤブ医者でしょ！」
　大声で叫ぶと隣にいた翼に宥められた。

しかし、お父さんも私に負けないくらい大きな声で「しょうがなかったんだ！」と叫ぶ。
　お父さんの顔は恐ろしいほど蒼白(そうはく)だった。
　息を荒らげ、体が震える様は恐怖すら感じた。
「裏の手を使ってドナーを探したりもしたんだ！　金ならいくらでも積むから……一刻も早くドナーを見つけて手術をしたかった。だが……豪壮にそれが見つかって……」
　お父さんは頭をかかえてうなだれた。
　裏の手って。
　やっぱり……あの手紙は本当だった。
　ショックと怒りと、いろいろな感情が入り混じる。
　私はお父さんの前に手紙を差し出した。
「これ……お兄ちゃんの遺言書」
　お父さんはゆっくり顔を上げ、その手紙を見つめる。
「遺言書……だと？　あいつは事故で……」
「お兄ちゃんはいつか殺されるって思っていたみたい。それって……お父さんのせいでしょ!?」
　私から手紙を奪い取ると、荒々しく手紙を開いた。

　そして、ひととおり読み終わる頃にはお父さんの手が震えていた。
「お父さん、本当のことを話して！　何があったのか。お兄ちゃんはただの事故じゃなかったんでしょ!?」
　お父さんはその場で立ち上がり、フラフラとどこかへ行こうとした。

その時、翼が私から離れてお父さんのほうへと走っていった。
　そしてお父さんの目の前に立ち、頭を下げた。
「どうか、本当のことを話してください」
「おまえに何がわかる……」
「関係ない俺が出る幕じゃないのはわかってます。でも……美羽さんは家族のことをいつも思っていたんです。離れていた時もいつも家族のことを気にかけていた。お兄さんの死もずっと受け入れられなくて墓参りもできずにいたんですよ」
　翼……。
　私、あまり家族のこと口にしていなかったのに……。
　翼はわかってくれていたんだ。
　私の本当の気持ち。
　奥底にあった、お父さんもお母さんも気づかなかったこの思い。
　お父さんは少しの沈黙のあと、小さく鼻で笑った。
「柊木くん……」
「はい」
「さっき君は関係ないと言ってたが……関係あるんだよ」
「え……」
「この、豪壮の手紙に書いてあることは……すべて真実なんだ」
　覚悟はしていたけど……。
　心臓が押しつぶされそうになった。

「私は知り合いの組の奴らに１千万でドナーを探してもらっていた……そのことを豪壮に知られ、何度もやめるよう説得された……しかし、あの世界はそう甘いもんじゃない。組の奴らは豪壮が知ったことに気づき、消そうとしたんだ。私は金ならいくらでもやるから豪壮を殺さないでくれ、と何度も交渉したんだ。土下座までして。でもあいつらはこのことが公になる前に、どんな手を使ってでも殺すと言ってきた。そして歯向かうなら私も殺すと」

　お父さんの体が震えている。
　頭をかかえ、うな垂れていた。
「逃げても無駄だと言われた……地の果てまで追いかけるとな……。私は怖くなり……あいつらの言うとおりにせざるを得なかった。豪壮のことを見殺しにしてしまったのは、私なんだ……」
「それで……お兄さんは事故に見せかけてひき殺された。その犯人に仕立て上げられたのが俺なんですね……」
「ああ、そうだよ……」
「そんな！　じゃあ、お兄ちゃんをひき殺した犯人は誰なの!?」
　お父さんが力なく俯く。
「あいつらは私に、ひき殺したのは柊木翼だと言った。だから美羽が付き合っていると知って怖くなったんだ。このことが美羽にバレるんじゃないかと思ってな……」
「だからこの前あんなに反対して…….」
「証拠として事故直後の写真も渡されたが、あれは加工さ

れたものだとあとで気づいたんだよ。その後、私がいろいろ調べた結果、犯人は幹部の奴だった。本当に……私は情けない男だよ……ドナーは見つからないまま金だけ奪われ、脅され……息子も亡くし……私は……私は……」

その時、初めてお父さんの涙を見た。

お兄ちゃんが亡くなった時も、気丈に振る舞っていたお父さん。

険しい顔をして、厳しいことしか言わなかったお父さん。

冷たくて、心なんてないんじゃないかと思っていた。

そんなお父さんが、今、子どもである私の目の前で嗚咽しながら泣いている。

「それなら……そんなに後悔しているのなら……自首してよ」

お兄ちゃんは二度と生き返らない。

お母さんだって……変なこと考えたくないけれど、もう時間がない。

私たち家族が望んでいることは、この真実を公にすることだと思う。

たとえ、お父さんが捕まってしまうことになっても。

お父さんはゆっくりと私のほうを見た。

涙で濡れたお父さんの目がまるで別人みたい。

「ああ……そのつもりだ。私にはもう何もないのだからな。生きる希望も……」

「何を言ってんすか!?」

その時、お父さんのそばにいた翼が声を荒らげた。

「美羽は……美羽はどうなるんですか!?　美羽だってあなたの最愛の娘でしょ!?　だったら……彼女のために罪を償ってください！　美羽はきっと……お父さんのこと待っていますよ。……だろ!?」
　翼に話を振られたが、目をそらして俯いた。
「お父さんが、私のことをどう思っているのかわからない。……私なんか最初からいらない子だったんでしょ？　いくら私が待っていたとしても……」
「な……何を言ってるんだ！　いらないわけないだろう！　私は……お前が私のしてきたことを許してくれないんじゃないかと思って……」
「正直、今は許せない……そのせいで翼が犯人扱いされていたし、お兄ちゃんのこと見殺しにしたことも許せない。でも、お父さんが本当のことを話して罪を償ってくれるなら……私はいくらでも待とうと思ってる。だって、たった１人の家族になるかもしれないんだよ……？」
　泣くのを堪えていた。
　お父さんの前で泣いたことなんてなかったから……。
　でも……あのお父さんが泣いている姿を見たら……。
「すまない……本当にすまない」
　お父さんは私たちに頭を下げ、ひたすらそう呟いた。
　翼が私を抱き寄せてくれたから……翼の胸で泣くことができた。
　これが１人だったら……私はまた泣くのを堪えていただろう。

お父さんが謝る姿がとても小さく見えて、もう以前のような威厳ある父親の姿はどこにもなかった。
　あんなに嫌いだったのに……。
　その姿がとても寂しく感じた。

　翌日、病室を訪れるとお母さんは起き上がって窓の外を見ていた。
　昨夜は、お母さんが疲れると思い病室に寄らずに帰った。
　私も……気持ちを整理したかったから。
　私が暗い顔していたら、お母さんもきっと悲しむ。
「あら、美羽。来てくれたの？」
　私が来たことに気づいたお母さんは優しく微笑んだ。
　倒れた時よりも顔色はいいみたい……。
　少しだけホッとする。
「起きてて大丈夫なの？」
「ええ、今日はとても気分がいいの。昨日はごめんなさいね、心配かけて」
「ううん……」
　家から持ってきたお母さんの着替えなどをロッカーに仕舞うと、
「昨日、美羽の彼も来てたんだって？」
　と言われドキッとした。
「ど、どうしてそれを!?」
「梶原さんに聞いたのよ。すごい美男子だったって」
　そう言ってフフッと笑う。

美男子って……梶原さんってば！
「今度また連れてきてちょうだいよ」
「うん……」
　翼は昨夜、心配して私を家まで送ってくれた。
　バイバイするまでずっと手を離さないでくれて……。
　そのおかげで今、気持ちが落ちついている気がする。
「美羽はもう私がいなくても平気……よね」
　突然ポツリとそんなことを言われた。
「何を言ってるの!?」
「ごめんね美羽……聞いてるかもしれないけど……お母さんもう長くはないの」
　ドクン……と胸が痛んだ。
　以前よりも細く小さくなったお母さんの姿が、今にも消えてしまいそうで。
　私は何かプツリと切れたように、涙が溢れ出てきた。
「お、お母さん……」
「美羽……ごめんね……」
　私を抱き寄せ、ぎゅーっと抱きしめてくれた。
　お母さんのぬくもり、これが消えてしまうなんて信じられない。
　少し前までは、1人でも生きていけると思っていた。
　でも……やっぱり私はお母さんが大好きだし、そばにいてほしかった。
　やっとわかり合えたと思ったのに……。
　どうして運命は残酷なんだろう。

「美羽……お父さんのこと、許してあげて」
　私を抱きしめながら、耳元でそう呟いた。
　お母さんはお父さんのことを知っていたの!?
「豪壮のことを考えると、このまま許していいのか悩んだわ。でも……お父さんだって１人でたくさん苦しんでいたはず。どうしようもなかったの」
「お、お母さん……」
「豪壮が死んだのは病気になった私の責任でもあるから……お父さんだけの責任じゃないの……」
　私は黙って頷いた。
　本当はまだ許せるわけない。
　でも……私にだって非はあった。
　反抗なんかしないで、もっと家族と話し合えばよかったんだ。
　お兄ちゃんが相談してくれていたら私だって……。
　そう考えると、私も同罪なんだ。
「お父さんのことで、これから美羽にも迷惑かけると思うけど……」
「ううん。これは家族の問題だから……私も一緒に罪を背負うよ」
　私は力強くお母さんにそう誓った。
「美羽、いつの間にか心も成長していたのね……」
　私の頬を優しく撫でるお母さんの手は、すごく細くて冷たかった。
　泣くのをグッと堪える。

人生、何かにつまずいたり失敗した時……やり直せることもある。
　でも……時間は戻せない。
　後悔してからでは遅いこともある。
　もうお母さんとの時間は戻ってこない。
　もっとたくさん、伝えたいことがあったのに。
　もっとたくさん、親孝行がしたかったのに……。

　２ヶ月後、お母さんはこの世を去った。
　お線香のにおいは好きじゃない。
　お兄ちゃんが死んだ時、嫌ってほど嗅いで大嫌いになっていた。
　お通夜にはたくさんの人たちが来てくれた。
　親戚はもちろん、お母さんの同僚、友人、近所の人。
　お母さんはたくさんの人に愛されてきたんだと、この時に初めて知った。
　娘なのに何もわかっていなくて、本当に私はバカだよね。
　遺影の中で笑っているお母さんを、私はただ呆然と見ていた。
　これからは、心の中でお母さんに話しかけるしかない。
　でも……もう答えてはくれない。
　もう、抱きしめてもらうこともないんだ。
　お父さんも時折涙を見せながら、いろいろな人と話をしていた。
　それを見て、私は少し安心した。

お父さんが泣いてくれてよかった。
「美羽」
　その時、翼が弔問に来てくれた。
　心配そうな表情で私を見つめる。
「ちゃんと食えてるか？　顔色わりーんだけど」
「うん……まぁ」
　食べられるわけがない。
　忙しいのもあるけど、この世からお母さんがいなくなったことを思うと、ご飯が喉を通らない。
「ちょっとあっちで話せる？」
　頷くと、翼は私の手首を掴んで人気のないところへ連れていった。

「お前まで倒れたら、母ちゃん泣くぞ？」
　翼は少しかがんで私の顔を覗き込んだ。
「大丈夫だから……」
「俺さ、何度か美羽とお見舞いに来たのとは別で、亡くなるちょっと前に美羽の母ちゃんと話したんだよ」
「え!?」
　話をしたって、翼が1人でお母さんの病室に行ったってこと？
　そんな話、聞いていない……。
「自分こんなんだし、反対されっかなーって思ってたら、終始笑顔でさ、すげー喜んでくれて」
「ど、どーして翼が？」

すると翼の瞳がまっすぐに私をとらえた。
きれいな瞳の中に、私の姿が映し出されている。
「近い将来、美羽と結婚したいってこと伝えたくて」
「え……」
思いもよらぬ言葉に戸惑った。
「本当はこんな時に言うことじゃねーよな、悪い。でもお前までぶっ倒れちまうんじゃねーかってくらい憔悴(しょうすい)してるし、見てらんなくて」
「ごめん……心配かけて」
「俺が今、美羽のことをどう思ってるか美羽の母ちゃんにも知ってほしかったんだよ」
こんな時なのに、真剣な眼差しにドキドキしている。
お母さんになんて伝えたんだろう……。
「俺が話してる間もずっとニコニコしててさ……『美羽をよろしくお願いします』って言われたよ」
「ほ、ほんとに……？」
「ああ。『あの子は相手のことを思いすぎて自分の気持ち言えない時があるから、そういうところを気づいてあげてほしい』って」
「お母さんが……」
「マジでいい母ちゃんだよな……」
「うん……」
「あと動画を撮ってくれって言われてさ。自分が死んだら美羽に見せてくれって頼まれてた」
そう言って、翼は自分のスマホの画面を私に見せた。

そこに、痩せ細ったお母さんの姿が映し出された。
「お、かあさ……」
　お母さんはキラキラした笑顔で、こちらに手を振っている。
『美羽〜！　翼くんが１人で来てくれたよ。やっぱり、すごくすごく素敵な彼氏ね……お母さん、びっくりしちゃった。翼くんといろいろ話して安心したよ。顔もカッコいいけど、中身もカッコいいんだもの』
　動画の中で、プッと翼が笑った声がした。
　私の知らない、お母さんと翼だけの時間。
　なんだか信じられない。
『翼くんとならね、結婚も認めるよ。美羽のこと本当に本当に大事にしてくれてるんだものね……今日いろいろあなたたちのこと聞かせてもらって、すごくうれしかった。美羽、本当によかったね……お母さんと美羽はすれ違っていた時間が長かったから美羽には辛い思いばかりさせていたよね……親の私がもっと早くに対処すればよかったのに。本当にごめんね……でも、素敵な人と出会えたようで安心した。今までの分も幸せになりなさい』
　そう言ったあと、今まで笑っていたお母さんの顔が曇っていき、右手で顔を覆った。
　肩を震わせ、泣いているようだ。
『……美羽の結婚式、見たかった……ドレスも一緒に選びたかった。もっと美羽と話がしたかった……街に買い物に行ったり、おいしいもの食べたり、旅行に行ったりしたかっ

た。そんな小さな夢も叶(かな)うことないと思ったら……』
　私も涙で動画が見られない。
　入院してから初めてお母さんの本音を聞いた気がする。
『ごめんなさいね……泣かないって決めてたのに泣いてしまって……』
　涙をぬぐいながら笑っている。
　その涙をぬぐっている指が細くて、頬を撫でられた時のことを思い出した。
　今でもしっかりと覚えている。
　冷たくて細いお母さんの手を。
『翼くんとともに幸せになりなさいね。美羽の幸せはお母さんの幸せだから。この先いろいろなことがあるかもしれないけど……まわりに惑わされず、後悔しないように生きなさい。お母さん、豪壮と一緒にずっと美羽のそばで見守ってるからね……大好きだよ、美羽』
　動画は最後、お母さんの笑顔で締めくくられた。
　私は涙で顔がグシャグシャだった。
　お母さんが翼のことを認めてくれた。
　ありがとう。
　お母さん、ありがとう。
　親不孝者で、いろいろと至らない娘だったけど……。
　私の幸せがお母さんの幸せなんだよね……？
　それなら私は絶対に幸せになってみせる。
　翼と一緒に。

動画が終わったあと、翼がゆっくりと私を抱きしめた。
「ありがとう……翼。お母さんと、会ってくれて本当にありがとう……」
「うん……美羽の母ちゃんのためにも、絶対幸せにする」
　私は翼の胸の中で頷いた。
「でも……それにはまず俺がしっかりケジメつけなきゃなんねぇ。じゃないと美羽を幸せにできねぇし、俺が幸せになる資格なんてない。美羽にはまた辛い思いさせるかもしんない……それでも、ついてきてくれるか？」
「うん……大丈夫。私、翼のおかげで強くなったもん……きっとまた乗り越えられるよ」
「俺も。美羽の母ちゃんと約束したから。何があってもお前を守るって」
　私を抱きしめる力がさらに強くなった。
　お母さんが近くで見守ってくれている気がする。
　大丈夫だよって言ってくれている気がする。
　私たち、頑張るよ……お母さん。

4章

幸せのありか

　お母さんのお葬式が終わったと同時に、私たちは警察の事情聴取を受けた。
　覚悟はしていたけど、胸が張り裂けそうなくらいドキドキしていて。
　お父さんは臓器移植法違反罪で懲役３年の執行猶予５年、繋がりがあったヤクザのことも明るみになり、関係者は次々と逮捕された。当然、お兄ちゃんを殺した犯人も。
　やっと翼が解放される……と思ったのもつかの間、今度は翼も捕まってしまい……。
　Phoenixの総長として今までやってきたことがバレて、傷害罪、窃盗罪などで少年院に入ることになった。
　警察は、ずっと前から翼をマークしていたらしい。
『翼は気づいていたと思う』
　と、大地さんは言っていた。
　私と一緒にいる時は普通に過ごしていたし、何も言わなかったけど……。
　きっと翼のことだから、心配させないように言わなかったのかもしれない。
　この前、言っていた〝ケジメ〟とはこのことだったんだよね。
　少しの間、会えなくても大丈夫。
　この前、信じて待っているって決めたんだもの。

何があっても心はいつも翼のそばにある。

　翼に会えなくなって２週間が過ぎた頃、面会が許可された。
　本当は近親者や保護者じゃないとダメみたいなんだけど……翼の生活態度が真面目で評価もよかったこと、婚約者であることが認められ許可が出たらしい。
　でもたった30分なんて。
　話したいことを整理しておかないと、あっという間に終わってしまいそう。
　少年院の面会室は、普通の会議室のようなところだった。
　留置所みたいに、ポツポツと穴が空いた板があるわけでもない。
　翼を待っている間、すごく緊張していた。
　震える手を、胸に当てて深呼吸をしていると、翼が職員に連れられて面会室に入ってきた。
　翼は相変わらずきれいな髪の色をしていたけど、長めだった髪の毛が短く切られていた。
　これもなかなかカッコいいけど……。
　なんて、見とれている場合じゃないよね。
　私と目が合った翼はニコリと笑っていてホッとした。
　どこかすっきりしているような……そんな表情だった。
　向かい側のパイプイスに座ると、「久しぶり」と言われた。
「ひ、久しぶり……」
　話すことを考えてきたのに、頭が真っ白になる。

30分しかないんだから早く話さないと！
「元気だった？」
　翼は前と変わらない笑顔でそう言った。
「うん……」
「Phoenixの奴らも何人か捕まっちまって……大輝や世話になった四条さんも。ほんと俺のせいで……」
「翼のせいじゃないよ……みんな承知の上で翼についてきたんだもん。しょうがないよ」
　四条さんには、逮捕前にお礼のメールを送っていた。
　翼のことでいろいろと動いてくれたから……。
　四条さんがいなかったら、翼が犯人だと仕立て上げられたままだったかもしれない。
　翼はしばらく私の目をじっと見つめ、
「美羽が辛い時、そばにいてやれなくてごめん」
　と、少し悲しげに言った。
　お父さんが逮捕されてからすぐに翼も捕まったから……気にかけてくれていたみたい。
「ううん……」
　今すぐ翼の手を握って抱きしめたいのに。
　こんなに近くにいるのに、それができなくてもどかしい。
「美羽、父ちゃんと暮らしてんの？」
「うん……元気そうだよ」
　お父さんも翼のように、すっきりとした表情をしていた。
　そして〝やっと罪を償える〟って言っていたっけ。
「そっか……」

「すぐに……出てこられるよね？」
「わかんねぇ……俺のやってきたことは簡単に許されることじゃねぇから……。でも、早めに出られるように頑張るつもり」
「うん……」
　翼が他の誰よりも頑張っているってことを、さっき職員の人が教えてくれた。
　お母さんとの約束、守ろうとしてくれているんだよね。
　その時、近くにいた職員から「あと5分」と声をかけられた。
　焦ってしまう。
　話したいことは山ほどあるのに。
「すぐに出られるか、何年かかるか……どうなるかまだわかんねぇけど、俺のこと信じて待っていてほしい。必ず迎えに行くから」
　翼の目が真剣で、その言葉に嘘はないと感じた。
「うんっ……私はずっと待ってる。翼のこと……信じてるよ」
　翼が笑った瞬間、時間になってしまった。
　私は待っている。
　たとえ1年でも5年でも。

　数ヶ月後、私は高校3年生になり、毎日バイトや勉強に明け暮れていた。
　バイトはコンビニで地道に稼ぎ、今までサボッていた分

を取り戻したくて勉強もしていた。
　お父さんが逮捕されたからって、学校のみんなの私への態度は変わらなくてホッとした。
　それは、いつもそばに陽菜がいてくれたおかげもあると思う。
　あの時、保健室で陽菜と話せてよかった……。
　陽菜も、今は簿記の資格を取るために頑張っている。
　1年前、ウリでお金を稼いで遊んでいたのが嘘みたい。
　ただ……。
　ずっと気になっていることがある。
　シホ先輩のこと。
　シホ先輩のアパートを出てから一度も会っていない。
　四条さんとのこと、誤解されたまま……。
　陽菜が心配してシホ先輩に連絡してくれた。
「会ってくれるってよ」
　そう言われた時は本当にうれしかった。
　本当は、顔も見たくないって言われると思っていたから。

　私は翌日、シホ先輩のアパートを訪ねた。
　アパートから見るまわりの風景が懐かしい。
　初めて翼と会ったのもここだったから。
　インターフォンを鳴らすと、すぐにドアが開かれた。
「こ、こんにちは！」
　久しぶりなので緊張して声が裏返る。
　シホ先輩はフッと笑うと、「あがって」と言ってくれた。

変わらない笑顔でホッとした。
　先輩は私のことを恨んでいると思っていたから。
　私は懐かしいソファに座った。
「久々だね」
「はい……ご無沙汰してます……」
「なんか……会わなかった間、いろいろ大変だったみたいじゃん。力になってやれなくてごめん」
　私の前に飲み物を置くと、先輩はその場に座った。
「いいえ！　なんとか解決できたので……それであの……四条さんのことだったんですけど……」
「あー。うん……ごめん、私、美羽に謝らなきゃいけなかった」
「え？」
「ガキみたいなことしてごめん。ヤキモチ焼いて、美羽に八つ当たりして……」
「いえっ。私のほうこそ無神経に四条さんに抱きついてしまって……でも、恋愛感情とかは一切ないですから!!　それだけはハッキリ伝えておこうと思って」
　身を乗り出して言うと、シホ先輩が笑った。
「うん。わかってる……陽菜にもあとで聞いたんだよ。あの時の翼のこととか……美羽がどんな気持ちでいたのか考えたら、私は何をやってんだろうって後悔したんだ。美羽にひどいこと言っちゃったね……本当にごめん」
「シホ先輩……ヤキモチって……まだ四条さんのことが好きなんですか？」

そう問いかけると、シホ先輩はタバコに火をつけた。
「んー……そうなのかもしんない。それまであまり考えないようにしてきたんだけどさ……あの時……あいつと美羽が抱き合ってるところを見たら、なんつーか……胸が痛くなってさ」
「そのこと……四条さんに話してください！　きっと四条さんも同じ気持ちだと思います！」
「美羽？」
「四条さん、シホ先輩のことを傷つけたって、すごく後悔してました……」
「うん……ありがとう……あいつが出てきたら……私も少し素直になってみようかな……」
「はいっ……」
　笑顔で返すと、シホ先輩も笑っていた。
「私ねー、美羽に憧れてたんだ。純粋で素直で……そんな女になりたいって思ってた」
「え!?」
「美羽のおかげで、また頑張れるような気がする」
　その言葉が力強く私の心に響いてきて、うれしくなる。
「あの２人……早く出てこれるといいな……」
「はい……」

　翼に会えなくなってから、ずいぶんとたつ。
　会えなくても大丈夫……とは思っていても、やっぱり恋しくなってしまう。

夏休みに入ってからも、相変わらずバイトと勉強漬けの毎日を送っていた。
　夏休み前の学力テストでは10番以内に入ることができ、先生たちも私の変化に驚いていた。
　よく私のことをバカにしていた先生も、蔑んだ目で見ることはなくなっていた。
　バイトも軌道に乗り、楽しくなってきた頃。
　コンビニのドアや窓を拭こうと、私は雑巾を持って外へ出た。
　むあっとした暑さが顔や体にまとわりつく。
　今日は35度まで気温が上がると朝の天気予報で言っていたとおり、猛暑日となった。
　中と外ではすごい温度差。汗が次々と滴り落ちていく。
　それでも私はサボることなく拭き続けた。

「佐久間さーん。代わるよ？」
　中から出てきてそう言ったのは、同じ高校の村上隼也。
　同い年だけど、一度も同じクラスになったことがなくて今まで話したこともなかった。
　彼はバイト歴２年の、一応ベテランだ。
　同い年ということもあり、ちょくちょく話しかけてくる。
　バイトの終わりにご飯に誘ってきたり、ちょっと軽い感じの人なのかなと思う。
「まだ大丈夫ですっ」
「今日って殺人的な暑さじゃん、代わったほうがいーよ、

ほら……ドリンク補充してきてよ」
　村上くんは半ば強引に私から雑布を取ると、上のほうを拭き始めた。
　脚立を使わないと届かないところ……。
「大丈夫だからっ！　私、暑いの平気だし！」
　少し強い口調で言うと、村上くんは手を止めて私のほうを見下ろした。
「佐久間さんてさ、強情だし変に真面目すぎでしょ」
「え……」
「このバイトに入ってきた時から思ってたけど……なんか無理してる感じがする」
　言われてドキッとした。
　一瞬、時が止まったかのように２人とも動かず、村上くんは私をまっすぐに見つめていた。
　無理してる？
　私が？
　考えたこともなかった……。
　翼が捕まってから、ただ必死に毎日を過ごしてきたから。
　勉強もバイトも、無我夢中でやってきた。
　今まで自分が中途半端すぎたから、まわりに認められたかったのもあるけど翼があんなに頑張っているのに、私だけがのほほんと外の世界で暮らしているのが嫌だった。
　そして……何よりも、翼に会えない寂しさを紛らわすために、わざと忙しい毎日にしていたのかもしれない。
　いつかは翼に会えると信じている。

でも、いつ会えるの？
いや、会えるという保証もない。
何も連絡がないまま時だけが過ぎていく。
少し暇になると、いつもそんなことを考えてしまい、不安でいっぱいになる。
うまく隠していたつもりだったけど、村上くんはそんな私に気づいていたんだ……。
心配させちゃダメだよね……。
そして「大丈夫」と言おうとした瞬間。
「あっれー？」
その声に顔を上げると、目の前に見覚えがある人物が立っていた。
「い……一場先輩」
押し倒された時のことが頭をよぎり、体が凍りつく。
あの時の手の感触、笑い声……いまだにハッキリと覚えている。
どうしてこんな時に、この人と会ってしまうんだろう。
「俺のこと覚えててくれた？　うれしいねぇ。俺もかわいい子は忘れねぇよ？」
一場先輩は笑いながら私の目の前まで歩いてきた。
相変わらず目立つ格好をしていて、見るからにガラが悪いヤンキーで。
隣にいた村上くんの顔が見られない。
すると村上くんが私の腕を掴み、自分の後ろへと私を追いやった。

背が大きいから、すっぽりと村上くんの陰に隠れる感じになる。
「あぁ？　あんた誰？」
　一場先輩の不機嫌な声が聞こえて再びドクドクと心臓が鳴った。
「同僚ですが。今、仕事中なんであとにしてもらってもいーっすか？」
　村上くんは動じることなく普通の声で言っている。
「俺はそいつに用があんだよ！」
　少し大きい声になり、コンビニから出てきたお客さんも私たちのほうを振り返る。
　ここじゃ迷惑になっちゃう！
　村上くんにも迷惑かけたくない……。
　私が出ていこうとした時、村上くんがグッと私の手首を掴んだ。
　え……。
「これ以上、営業妨害してくるなら警察呼んでもいいけど」
　村上くんは怖くないのか、一場先輩を睨みつけていた。
　まわりの目もあり、一場先輩はバツが悪そうな顔をして黙った。
　村上くんは振り返ってこそっと私に「早く中に入れ」と言ってくる。
　でも……このまま放っておけない。
「クッ……あんたもやっぱり翼を捨てたんだなぁ？　今度の男はそいつか？」

「え……」
「カンカンに入ってる男なんてやだもんなぁ」
「ち、違います！　私はずっと翼のことを待ってます！」
　身を乗り出してそう言うと、一場先輩がフッと笑った。
「あいつが過去にどんなことしてきたのか知ってんのかぁ？　世間知らずのお嬢さんよ。あいつはちょっとやそっとじゃ出れねえぞ？　かなりエグいことやってきたからなぁ……この俺でも考えつかねぇことをよ」
　何がおかしいのか、一場先輩は笑いが止まらないようだ。
「……それでも私は待ってます！　何年でも、何十年でも」
　ムキになって言っているわけじゃない。
　そのくらいの覚悟はずっと前から決めていた。
「ほぉ〜美しい愛だねぇ」
　バカにしたように再び笑うと、「寂しくなったらまた俺んとこ来いよ、今度はしっかり相手してやっから」と大きな声で私に言い、バイクで帰っていった。

　心臓がバクバクと音を立てていた。
　ふと気づくと、右手首が村上くんに握られたままだった。
「む、村上くん……ごめんっ」
「え!?　あーっ」
　村上くんも今、気づいたのか、少し焦っていた。
　一場先輩の言葉に動揺していたのかな……。
　そうだよね、あんな話を突然されちゃ……。
　私の手が震えている……。

よく一場先輩にあんなことが言えたな。
　私も少しは強くなったのかもしれない。
「ごめんね……急にあんなこと……びっくりしたでしょ」
「いや……」
　変な空気が流れる。
　私も一場先輩と同類って思われたよね……。
　村上くんは軽い感じの人だけど、ごく普通の人だもん。
「佐久間さんがケガしなくてよかったと思って」
「え？」
「なーんかこえぇ人だったからさぁ、俺ちゃんと守れるのかってヒヤヒヤしてた」
　村上くんは安心したように笑った。
「ま、守ってくれてたよ！　私、心強かったもん……私1人だったら絶対あんなこと言えなかった……」
　村上くんがそばにいてくれたから、ハッキリ言えたんだ。
「佐久間さん、あいつにストーカーされてるわけじゃないよね？」
「うん……違うんだけど……」
　これまでのこと話したら、きっと引かれてしまう。
　一場先輩とのことも絶対に言いたくないし……。
「まぁ……言いたくないこともあるよな！　でもまたさっきみたいなことあったらすぐに言えよ？　俺だって一応男だから」
「うん……ありがとう」
　翼のことも聞かないでいてくれた。

一場先輩の言葉を聞いていたはずなのに……。
「でもめっちゃ怖かったわーー。俺、すんげぇ睨まれたし」
「えー平気そうな感じだったのに……」
「んなわけねぇじゃん！　手足ガクブルよ」
　そう言って私に渋い顔を見せたので思わず笑った。
　村上くんの優しさにホッとする。
　普通に接してくれて本当にありがとう……。
　それにしても……。
　一場先輩がさっき言っていた『ちょっとやそっとじゃ出れない』という言葉。
　それがさっきからずっと頭の中を駆け巡っている。
　嫌なことばかり考えてしまい、仕事に集中できなかった。
　ダメダメ、私が弱気になってどうするの!?
　翼は今、少年院の中で頑張っているのに……！
　それでも弱気になってしまうことはたびたびあった。
　あの面会した日から、ずいぶんと月日がたっている。
　頑張ろうって決めたのに……この心の中のモヤモヤは一向に晴れてはくれない。

　そんな時、バイトへ向かう途中シホ先輩から電話がかかってきた。
≪悠一郎が帰ってきた！≫
「え!?」
≪今朝、連絡入って……昨日、少年院を出たって……≫
「ほんとですか!?」

うれしすぎて思わず泣きそうになった。
≪うん……他の奴らも何人か出たって……≫
「え、つ、翼は!?」
　声が震えていた。
　スマホを持つ手に汗がにじむ。
≪それが……翼はまだ出られないみたいなんだよ……≫
　シホ先輩の声があまりうれしそうじゃなかったのは……このせいなんだ。
「そ、そうなんですか……」
≪期待させちゃったよね……ごめん……。一応、美羽にも知らせたほうがいいんじゃないかと思って電話したんだけどさ……なんか……言わないほうがよかったな≫
　申し訳なさそうな声で言うシホ先輩に対して、笑って「いえ、大丈夫です」と言うのが精いっぱいだった。
　四条さんたちは出てこれた……。
　でも翼はまだなんだ……。
　やっぱり翼の罪は重くて、もしかしたら出てこれないのかもしれない。

　電話を切って道路の真ん中で立ち止まっていると、後ろからドンッと勢いよく体を押され、私は前に倒れそうになった。
「おわっ!!」
　誰かがそう叫ぶ。
　倒れそうになった私の体を慌てて押さえてくれたのは、

村上くんだった。
「ご、ごめんっ」
「いや、俺のほうこそごめん、強く押しすぎた！」
　私の背中を押したのは村上くんだったようだ。
「軽く押したつもりだったんだけど……」
　村上くんは申し訳なさそうに頭を下げた。
「ううん！　ボーッとしちゃってたから……」
「これからはふざけるのやめまーす……」
　しょんぼり顔の村上くんを見て、思わず吹き出してしまった。
　なんだか嫌なことが吹っ飛んでいくな……。
「やっぱ佐久間さんは笑ってたほうがいいよ」
「え？」
「普通にしてても佐久間さんはかわいいけどさ、笑うと100倍かわいい」
「な、何を言ってんの!?　そんなこと……」
　面と向かって言われると、なんて返したらいいのかわからなくなる。
　村上くん、ふざけているの……？
「最近ボーッとしてること多いよね」
「あ……うん。ごめんね……バイト中は気をつけてるつもりなんだけど……」
「落ち込んでんのすぐわかる」
「……」
　顔に出ちゃっているんだ……。

どうしよう、気をつけないと……。
　すると突然、村上くんが誰かに電話をかけた。
「あ、店長ー？　あの〜今日佐久間さん17時から入ってるんすけど、風邪みたいなので休ませてくださーい。あと俺も熱あるっぽくてぇ」
「ええ!?」
　村上くんは自分の口に人差し指を当てて、『シーッ』というジェスチャーをした。
　どうして突然!?
　私、風邪なんか引いていないのに……。
　なんだか受話器ごしに店長の怒った声が聞こえてくる。
　嘘だってバレているんじゃ……。
「じゃ、そういうことで！」
　村上くんは電話を切るとニヤッと笑い、「どこ行こうか!?」とうれしそうに言った。
「え、２人も休んで大丈夫なの!?　てかなんで……」
「佐久間さんそんな顔で仕事できないっしょ？　バイトなら大丈夫だって。あの店長いっつも俺らにまかして自分は裏で休んでること多いんだから！　たまには働いてもらわねーと」
　ウンウンと自分で納得するように頷き、私の手首を引っ張った。
「私……そんなにひどい顔してる……？」
「まぁ……今すぐ泣きたいって顔してる」
　そうだったんだ……。

自分が弱すぎて情けなくなってくる。
　顔に出さないようにしていても無理なんだ……。
「そうだ……そんな時は〜」

　村上くんは近くのボウリング場に私を連れていった。
「え、私ボウリングできない！」
「大丈夫だって、教えるから」
　またしても強引な村上くんに連れられてボウリングをやるはめになった。
　そんな気分じゃないと思っていたけど……。
　靴を借りてボールを選ぶと自然とやる気が出てきた。
「とりあえず、あのピンに向かってボールを投げればいいだけ！」
「うん……」
　ボウリングなんて、数えるくらいしかやったことないけど苦手だった。
　なのに……一緒に来た村上くんときたら。
　ストライクの嵐……ガッツポーズをして１人で盛り上がっていた。
「なんでそんなにうまいの!?」
「え？　俺、得意だもん」
　鼻歌を歌いながら気分よくイスに座っていた。
「何それ、うまいって自慢するために来たわけー!?」
「まーねっ！　てか佐久間さん下手すぎない？　ガーターばっかでつまんねぇ〜相手にもならんよ」

そう言って鼻で笑われ、私の頭はカーッと熱くなってしまった。
「これから本気を出すとこなの！」
　立ち上がって投げようとした時、村上くんが横に立った。
「力任せに投げるだけじゃダメなんだよ、ピンを見て投げるのもよくないし」
　私の手首を掴んでゆっくり誘導した。
　村上くんって……手首とか自然に触ってくるよね……。
　別に変な意味はないんだろうけど、急に触られるからドキッとしてしまう。
「ここで体重をかけながらゆっくり右足を踏み出して……」
　村上くんのアドバイスは的確でわかりやすかった。
「そして投げる！」
　言われたとおりにやってみると、今までガーターオンリーだったのに、6本も当たった。
「す、すごーーーーーい!!」
　私は興奮して大きい声を出してしまった。
　そんな私のことを、村上くんは満足そうに笑って見ている。
　急に恥ずかしくなってきた。
「こ、今度はストライク狙うから！」
　ノリに乗った私は、ストライクは出なかったものの、村上くんに教えてもらってからはピンに当たるようになっていった。
　当たると気持ちがすっきりする。

こんなに笑ったのは久しぶりかもしれない。
「ありがとう……」
「え？」
「ボウリングに誘ってくれて……ちょっと元気出た」
「あ〜うん……俺もバイトサボりたかったからちょうどよかったよ」
　気をつかわせないように、そう言ってくれる村上くんの優しさがうれしかった。

　私たちが外に出る頃にはあたりが暗くなっていて。
　スマホを見ると20時になっていた。
「わー、３時間もやってたんだ……」
「んーーー……すっきりした！」
　村上くんは両手を上げて背伸びをしている。
「私も……本当にすっきりした。ありがとうね……」
「佐久間さんさ……彼氏のことでなんか悩んでんの？」
　今までそのことに触れなかったから、突然のことに言葉が出なかった。
「あー……ごめん。聞かないつもりだったんだけど思わず」
「ううん……大丈夫。ごめんね、気をつかわせて」
「俺、頼りねぇかもしんないけど話聞くよ？　こう見えて口かたいし」
「ふふっ……」
　こうやって笑えるのも村上くんのおかげだもんね……。
「今ね……彼氏と会えない状況なんだ……」

「え、どんくらい？」
「そろそろ１年かな」
「マジで……なんで!? あ……もしかして、この前、来た奴が言ってた……」
「そう。少年院に入っててね……いつ出てくるかもわからないって感じで……待ってるって約束したんだけど……」
「そんなん……辛くねぇの？ いつ会えるかもわかんねーのに……」
「辛いし……寂しいよ。でも彼氏はもっと辛い思いしてるから……私も頑張るって決めたの」
　夜でよかった。
　私、今どんな顔して話してるかあまり見えていないだろうし……。
「だから無理してるわけね～」
「え、無理してるわけじゃない！」
「してるって。佐久間さんずっと顔が強張ってるよ？　さっきボウリングしてた時に思った。あー、これが佐久間さんの本当の顔かって」
「え……？」
「もうさ、いつ会えるかもわかんねー奴から解放されてもいいんじゃね？　それに少年院から出てきても、この先まともな職につけるか……」
「そんなこと！　言わないで……」
　とっさに出た大きい声に、自分でも驚いて慌てて口を塞いだ。

「でも……真面目な話、これからどうすんの？　社会に出ても普通の奴より大変だと思うよ？」
「うん。わかってる……でも……私は翼が頑張ってくれるならついていきたいの……一緒に……」
　翼との暮らしを夢見ていた。
　いつか２人で暮らす夢を……。
　世間から罵(ののし)られてもいい。
　翼がいれば……。
　ああ……。
　今はただ……翼に会いたい。
　気づくと泣いていた。
　村上くんは、そんな私を見て動揺していた。
「ご、ごめん……泣かせるつもりなかったんだけど……」
「ううん……私こそごめん……」
「俺さ……あわよくば佐久間さんとうまくいかないかなーって思ってた」
「え？」
「彼氏いるのは知ってたけど、うまくいっていなさそうだし弱みにつけ込んで、優しくしたら振り向いてくれっかなーって……」
　いつもふざけている村上くんが、真面目な顔をしている。
「でも無理だなぁ……」
　村上くんは大きなため息をついた。
「え……あの……」
「俺の出る幕はないってこと」

そう言って悲しそうに笑う。
「佐久間さんにそんだけ思われてる奴って、どんな奴だよいったい」
「村上くん……ごめんね……ありがとう」
「いーや……。別に俺のことなんていーんだよ、もう気にすんな」
　頭をポンポンと撫でられると、不思議と気持ちが落ちついた。
　私たちは２人並んで駅までの道のりを歩いた。
「……私やっぱりバイトに行くよ……」
「はぁ!?　今から!?　風邪って言ってあんのに!?」
「もう嘘だってバレてるでしょ？　謝って残りの時間働かせてもらう」
「マジかよぉ……」
「私、決めたの。真面目に生きるって。誰にもバカにされない人生を歩むって」
　村上くんは半分呆れたような顔をして笑った。
「佐久間さんが行くなら俺も行くかぁ……」
「ごめんね……ありがとう！」
「もうそれ聞き飽きた！」
　私たちは笑い合った。

　２人でバイト先のコンビニへ向かうと、夏休みということもあり、夜でも人通りが多かった。
　コンビニの駐車場でも、若い子たちが数人たむろってい

るのが見える。
「わー……今日もヤンキー来てんな。佐久間さんだけ行かせなくてよかったわ」
　隣で村上くんがそう言ってくれた。
　するとその時、見覚えのある顔と一瞬目が合った。
　え……あれって……。
　大輝!?
　大輝も驚いた顔をしてこちらを見ている。
　大輝がここにいるってことは……大輝も出られたんだ!
　心臓がバクバクしている。
「何?　……知り合い?」
　私の顔を覗き見ている村上くん。
「う、うん……彼氏の友達で……」
　その次の瞬間……。
　心臓が止まるかと思った。
　たむろっている子たちの中心で、1人縁石に座っている男の子……。
　あれって……翼!?
　面会の時の頃と同じくらいの髪の長さをしている。
　見間違えるわけない。
　あれは翼だ!
　大輝が翼に声をかけ、翼もすぐに立ち上がって私のほうを見ている。
「う……嘘でしょ……」
「え、何?　あいつもしかして彼氏とか!?」

「うん……うん……」
　もう涙で前が見えなくて。
　せっかく翼に会えたのに……。
　ぼやけてしまう。
　私のほうから行かなくても翼から来てくれた。
「美羽！」
　愛しい人の声は以前と変わることなく、私の鼓膜に心地よく響いてくる。
「翼ぁ！」
　翼は私のことを思いっきり強く抱きしめてくれた。
　ぎゅーっと苦しいほどに。
　でもいい。もっと強く抱きしめてほしい。
　このまま死んでもかまわないから……。
「あい……たかった……」
　翼が私の耳元で小さく呟いた。
　言いたいことや聞きたいことがたくさんあるのに、何も言えなくて。
　涙が込み上げてくるから、喉が痛くてたまらない。
　翼も少し震えている気がする。
　もしかして泣いているの……？
　私から離れようとはしない翼。
　まわりに大輝やPhoenixの子たち、そして村上くんもいるのに。
「翼……本当に翼なんだよね？」
「ん……」

「なんで……どうして急に!?」
「スマホもねぇし……連絡できなくてごめん。俺、夕方に出てきたばっかで」
「ゆ、夕方ってついさっき!?」
「うん。出てすぐに美羽に会いたくて。出た足で家に行ったら梶原さんにバイトに行ってるって言われてここに来たんだけど……」
「そうだったんだ……私、全然知らなくて……」
　ようやく翼の顔がハッキリ見れるようになった。
　あ……なんとなく痩せた気がする。
「途中、四条さんちに寄ったらみんなに知れ渡ってさ」
「そっか……うん……本当にうれしいよ……」
　翼が両手で私の顔を包んだ。
「本当に美羽なんだよな……？　もう、ずっと触りたかった」
　今にもキスしそうな距離で私を見つめてくる。
　でもさすがにまわりに人もいるし……。
「おーーーーい、お２人さん！　感動の再会の途中で申し訳ねーけどぉ、俺ら帰るから！」
　大輝が私たちの近くに来て笑いながら言った。
　他の子たちもうれしそうに笑ってバイクで帰っていく。
「わりーな！　またあとで電話する！」
「おう！　ごゆっくりぃ〜」
　大輝が私たちに手を振って帰っていった。
　すると、そばにいた村上くんが気まずそうな顔で近づい

てきて……。
「佐久間さん、俺も行くね？」
「あっ！　ごめん!!　本当にごめんっ」
「店長には、佐久間さんは本当に風邪だって伝えとくから」
「え、でも……！」
「いーから。今まで散々頑張ってきたでしょ？　今日ぐらい彼氏とゆっくりしなよ」

　村上くんは翼と顔を合わせて、軽く会釈（えしゃく）した。
「はじめまして、ここで働いてる者です。佐久間さんには世話なってます」
「ああー……はじめまして」

　翼も軽く頭を下げた。
　少し気まずい雰囲気が流れる。
　なんか……浮気したわけじゃないのになんで私がこんなにドキドキしなきゃないの……。
　でも……２人でボウリングってありなのかな……。
　友達だったら行くよね？
　別に恋愛感情ないし……。
　ぐるぐる変なこと考えていると、村上くんがプッと笑った。
「じゃあ……俺バイト行くから。また！」
「あ！　うん、ありがとう！　店長によろしくね!!」

　村上くんがコンビニに入っていく姿を見ていると、翼が私の体を強く抱き寄せた。

「なんかやけに親しくねぇ？」
「え!?　そ、そんなことないよ!?　バイトも高校も一緒だから……」
「へぇ、高校も……ねぇ？」
　口は笑っているのに、目が笑っていないよぉ〜。
　困っていると、笑われた。
「うっそ。別に気にしてねぇよ……って言ったらそれも嘘になるけど」
「翼……」
「俺が入ってる間、美羽に好きな奴ができてたらどうしようって思ってた」
「できるわけないじゃん！　てか約束したよね!?　私ずっと待ってるって……」
　すると翼が私の顔をじっと見つめ、コンビニの裏のほうへと私を連れていった。
　私たちはフェンスに寄りかかって座った。
　ここなら人目も気にならない。
「待っててほしいって言ったけどさ……それじゃ美羽のこと縛りつけてんなぁってあとから思って。だって俺、いつ出れるかわかんねぇのに……無責任だよな」
「そんなことない！　私が待ちたかったんだもん……私は翼以外の人を好きになれないよ……」
　ふいに、翼が私を自分のほうへと引き寄せた。
「それ聞いて、今めっちゃホッとしてる」
「え……」

「情けねぇよなぁ……総長が。ああ……もう総長じゃねーか」
「翼……Phoenixはどうなるの？」
「俺が捕まる前に、他の奴に頭を任せた。俺は引退って感じになったんだわ。今、保護観察中だし、もうなんもできねぇ。したいとも思わねぇけどさ」
　私の耳元で、翼の心臓の音が聞こえる。
　温かくて、ここに翼がいるんだって改めて感じる。
「今日シホ先輩に聞いてたんだよ？　翼はまだ出てこられないって……」
「あー、そう。昨日の時点ではまだ可能性も半分で。でも俺の担当の人が頑張ってくれてさ……」
「担当の人？」
「ああ、俺にずっとついててくれた人。俺のこと高く評価してくれて……あの時に美羽と面会できたのも、その人のおかげでもあんだよ」
「そうだったんだ……」
「でもさ、俺も必死で頑張った。自由時間もずっと勉強して、今までじゃ考えらんねぇくらいクソ真面目にやってきた。また世の中に出ても恥じないように……」
「わ、私も!!　私もね、翼と会えない時間は勉強とバイト頑張って……翼と次に会った時にイイ女になっていようって決めたの」
「いい女？」
「うん！　翼に捨てられないように……しっかりしな

きゃって……」
「捨てるわけねぇだろーがよ！」
　わしゃわしゃと私の頭をもんでくる。
「俺は……お前に会えない間、ずっともらった手紙を読んでた。毎日……ボロボロになってもポケットに入れてた。そのおかげで頑張れたんだよ」
「そうなんだ……うん、よかった……本当に……」
　私は再び翼に抱きついた。
　懐かしい翼の香り……。
　私の好きな、潮の香り……。
「もう離れねぇから」
　私の顎を掴み、上を向かせられた。
「離さないで……」
　次の瞬間、柔らかい唇が私の唇にくっついた。
　少し強引で、でも時々優しくて。
　翼のキスでまた泣きそうになった。
　長く深いキスは、まるで酔っ払った時みたいにくらくらしてきて。
　終わったと思えば、再び角度を変えて何度もキスしてくる。
　波のようだった。
「美羽……これからも乗り越えなきゃなんねーこといっぱいあるけど……ついてきてくれんの？」
「当たり前だよ……私たち、2人で1つなんだからね？」
　そう言うと、翼の口角が上がった。

「美羽が卒業して落ちついたら一緒に暮らそう」
「うん……」
　絡み合った指が温かくてホッとする。
　この先、何があっても翼と生きていく。
　後悔はしない……。
　翼となら何があっても怖くない。
　帰り、翼と離れがたかったけど次に会う約束をして私たちは別れた。
　この日の夜は、とてもいい夢が見れた気がする……。

君の翼でどこまでも

　数週間後。
　今日は近くで花火大会がある。
　それに翼と一緒に行けることになった。
　1ヶ月前まではこんなこと夢にも思わなかった。
　この数週間、翼はまた前の仕事に戻ることができ、今までの恩を返したいと必死に働いていた。
　だから休みもろくになく、体調を崩さないか少し心配だったんだけど……。
　翼はこうと決めたら曲げない人だからしょうがない。
　私たちはあれから一度しか会えずにいた。
　でも……電話やメールで繋がっているから寂しくなんてない。
　あの離れ離れになっていた期間を思い出すと、まだ全然平気だ。
　翼とは会場の近くの神社で待ち合わせている。
　神社にも出店がたくさん出ていて、多くの人で賑わっていた。
　今日も翼は仕事なんだけど、早く上がらせてもらえるらしい。
　私は梶原さんに着せてもらったピンクの浴衣に身を包み、待ち合わせ場所にいた。
　浴衣姿を見られるのは初めてで、なんだかちょっと恥ず

かしい。
「え……佐久間さん!?」
　その声に振り返ると、そこにいたのは村上くんだった。
　他のクラスの男子も一緒にいる。
　みんな私のことをジロジロ見ている。
「あ？　村上、佐久間さんと知り合いかよ!?」
「マジで!?　どういう関係!?」
　村上くんの友達は興味津々に聞いてくる。
「どういう関係もなんも……ただのバイト仲間だよ」
　そう言うと、みんなが「つまんねぇ～」と口々に言っていた。
「もしかして……彼氏と？」
「う、うん……」
　あれから村上くんと同じシフトの時もあったけど、夏休み中は忙しくてなかなかゆっくり話せずにいた。
「マジかー……いいなぁ……浴衣姿めっちゃかわいいなぁ……」
　村上くんって……いつもそんなこと簡単に言っちゃうんだから……。
　するとその時、体が後ろに引っ張られた。
「何してんだよ、てめーら」
　翼だった。
　ナンパと勘違いしているのかも!?
　翼はすごい形相で村上くんたちを睨んでいる。
「つ、翼！　違うから!!　ほら、同じバイト先の村上くん!!」
「は!?」

私の言葉に目を丸くさせた翼。
　もう一度、村上くんたちを見ている。
「彼氏さーん……マジ怖いっすから……」
　村上くんたちは苦笑いして後ずさりしている。
　よっぽど怖かったんだろう。
「わ、わりぃ……マジごめん……ナンパかと」
「アハハ！　イイっすよ！　勘違いさせて申し訳ない！　じゃあ、佐久間さんたちも楽しんで！」
　私たちに手を振ると、村上くんたちは出店のほうへと歩いていった。

　村上くんたちの姿が見えなくなると、翼はその場にしゃがみ込んだ。
「翼!?」
「あーマジでカッコわりぃ……バイト先の奴かよ……どおりで見たことあると……」
「もう……」
「ダメだ……これからは家にいろ。俺が迎えに行くから」
「でも今日は花火に間に合わないし」
「これからはそうする。じゃねーと、俺の心臓がもたねぇ」
　そう言って私の手を掴んで歩き出した。
「今日マジでかわいすぎっから……それなんなの？」
「え、なんなのって……浴衣だよ」
「それ着るの俺の前だけにして」
「そんなの、やだよー！」

翼って結構ヤキモチ焼きだし過保護だ。
「美羽さぁ……自分のかわいさ自覚しろよ？」
「……ナルシストになりたくありません」
「ちげーし！　本当にお前は他の奴よりかわいいんだから！」
　そんな翼の言葉を、まわりの人たちは笑いながら聞いている。
　は、恥ずかしい……。
「つ、翼！　なんか食べよう！」
　私は無理やり話題を変えた。
　かわいいって言ってくれるのはうれしいけど……言いすぎだよー！
　私たちは屋台で食べ物を買って、人気(ひとけ)のないところまでやってきた。
　下駄は慣れないからすぐ疲れてしまう。
　近くにあった大きい岩に座ると、その隣に翼も腰かけた。
「もうさぁ……我慢できねー」
「え!?」
　翼が私を抱き寄せて少し乱暴なキスをしてきた。
　舌が噛まれてしまうんじゃないか……ってくらいの熱いキス。
「ちょっ……翼!?」
「悪い……余裕……ねぇわ……」
　息継ぎの間にそう言うと再びキスをされ、私の首筋にもキスを落としてきた。

なんか翼がいつもと違う……。
　どうしよう、これって……。
　その時、ドーーーーーーーーンと大きい花火が打ち上がった。
「つ、翼！　花火が始まった！」
「いーよそんなの……あとで見る……」
「ダメだから！　一緒に今、見てー！」
　私は少し強引に翼の胸を押した。
　残念そうな表情に、私の胸がちょっと痛んだけど……。
　本当に一緒に見たかったし、それにここじゃあ……。
　翼は立ち上がり、大きいため息をついた。
　え……引かれた!?
　すると振り返って謝られた。
「悪い……俺マジで余裕なかった……アホだよな……」
「そ、そんな……私こそごめん……」
「早く俺のもんにしたくなって……」
「私はずっと翼のものだよ……」
　そう言うと、優しく頭を撫でられた。
「この先も……ずっと俺のもんでいてくれんの？」
「当たり前だよ……お母さんになっても、おばあさんになっても……ずっと私は翼のものだから」
　翼は再び私の隣に座って、私の肩に寄りかかった。
「美羽に出会ってから……寂しくなくなったんだよな……」
「え？」
「俺……仲間といても、どこかいつも1人のような気がし

てた。親に捨てられたってせいもあんのかな」
　自分のお父さんと翼は、会っていない。
　お父さんの居場所は知っているけど、会いたいとは思わないらしくて。
　そうだよね……虐待して捨てられたんだから……。
　でも、恨んではいないって言っていた。
　遠くで幸せに生きていることがわかれば、それでいいって。
　私は翼を強く抱きしめた。
「私がいるよ……私が全力で翼を守るよ」
「なんだよそれ……」
　笑いながら、翼は泣いていたような気がする。
「私のこと、信じてね……」
「ん……信じるに決まってる。どんなことがあっても美羽は俺を見捨てないでいてくれたし」
　ドーーンドーーーンと花火が鳴り響く中、私たちは寄り添って空を見上げていた。
「今度、美羽の母ちゃんと兄ちゃんの墓参りに行こう」
「え？」
「俺たちがこうしてまた一緒にいられるのは、美羽の母ちゃんと兄ちゃんが見守ってくれてるからだと思う」
「翼……うん……わかった」
　翼が、お母さんのことを忘れないでいてくれたのがうれしかった。
　お母さん……翼は素敵な人だよね……。

私にはもったいないくらい。
　私は翼の腰に両手を回して、ぎゅっと強く抱きしめた。
　今まで……いろいろなことがあった。
　たくさん泣いて、苦しくて辛い日々のほうが多かったけど、それでも君と出会えてよかったと思っているよ。
　これからはどこまでもついていく。
　君の翼に乗って。
　ねぇ、お兄ちゃん。
　もしかして、お兄ちゃんが私たちを巡り合わせてくれたのかなぁ？
　そう思っていてもいいよね？

番外編

3年後

　朝から茹だるような暑さの中、私は軽快にヒールを鳴らして走っていた。

　ヤバい、遅れちゃう！

　昨夜、ためていたドラマの録画を一気に見てしまい、夜更かしした。

　そのせいで寝坊してしまったのだ。

　8月の暑さは少し走っただけでも体に堪える。

　デパートの中に入り、エアコンの風を感じると生き返るようだった。

　急いで店に行き、タイムカードを押して掃除用具を取り出す。

　まわりの店も開店準備で忙しそうだ。

　早番の時は、誰もいない店内を朝1人で掃除するのが日課になっていた。

　そっとスマホを覗くと、翼からメールが来ていた。

【今夜泊まりに来いよ。仕事頑張れ】

　自然と笑みがこぼれる。

　あれから3年が経ち、私はアパレル関係の職に就いた。

　翼に高校を卒業したら一緒に住もうと言われていたが、お父さんから短大を卒業するまで同棲は禁止だと言われていた。

　昔だったら逆らっていただろうけど、今は違う。

お父さんの考えもわかるから。
　頭ごなしに反対しているわけじゃないから。
　ちゃんと私の将来のことを考えて言ってくれてるんだと思える。
　私が家にいるのを喜んでいるお父さんの姿を見ていると、今までなかった気持ちが芽生えていくようだった。
　しかし、短大に通っていた私は、結局やりたいことも見つからないまま卒業した。
　それから数ヶ月たつけど、まだ翼から一緒に住もうと言われていない。
　もしかして短大を卒業したら同棲するって約束、忘れちゃったのかな……。
　私からも言いづらくて、時だけが過ぎていった。
　でも頻繁に会ったり泊まったりしてるし、今のままでもいいんだけどね……。
　アパレル関係の仕事は、思っていた以上に大変だった。
　服にはずっと興味があったし、オシャレも好き。
　私は、この仕事が自分に合っていると思っているんだけど……。

　掃除をすませ、マネキンの服を直していると先輩たちがやってきた。
「おはよー」
「おはよう、佐久間さん」
　店長の浅間(あさま)さんと、３つ先輩の白石(しらいし)さんが挨拶をしなが

ら私の横を通りすぎる。
「お、おはようございます！」
　私はペコッと頭を下げた。
　すると浅間店長が私の直していたマネキンを見て一喝。
「何、このコーディネートは。こんなんじゃダサいのよ」
　そう言って、私が直した部分をやり直していた。
　朝からキツイお言葉だ。
　いつものことだから慣れてきたが、毎回言われるのでどうやら私はよほどセンスが悪いか、浅間店長に嫌われているらしい。
　近くにいた白石さんが、私のほうを見てクスリと笑った。

　こんな感じで、私はチクチク文句を言われながらもなんとかやっている。
　ほぼ毎日のように「ダサい」と言われると、かなり自信をなくしてしまう。
　他にも掃除の仕方がなってないとか、言葉づかいが悪いとか、しょっちゅう注意を受ける。
　でも、私が頑張れている理由はただ１つ。
　朝も来ていたが、翼のメールだ。
　メールを見るとテンションが上がってやる気が出る。
　翼も頑張ってるんだから、私も頑張らなきゃ！
　そう思えるんだ。
　翼はというと、以前と同じ個人経営の車屋さんで今も働かせてもらっている。

社長さんがとてもいい人らしく、翼をかわいがってくれているみたいで。
　本当によかった……。
　翼のことを昔からいろいろ知っているのに、見捨てないでいてくれた。
　社長さんには本当に感謝だって、翼はいつも言っている。
　そのおかげで翼は更生できたんだよね。

「いらっしゃいませー！」
　お店が開店して、お客様が入ってきた。
　私は精いっぱいの笑顔と大きな声で挨拶する。
　20代くらいのきれいな女の人が私の近くに来て、トップスを見ていた。
「あっ！　すみません、これって今、店員さんが着てるものと同じですか？」
　お客様が手に持っていたのは、私が着ていたトップスと同じものだった。
「はい！　すごく着やすいですよ！　こちら今日再入荷したばかりで、他の色も揃ってるんです」
「えー、そうなんですか！　グレーもかわいいけど、店員さんが着ている白もいいなぁ……ていうか、店員さんが美人だとなんでもよく見えちゃいますね！」
　お客様が、私の顔を見ながらにこやかに言った。
　すごく感じがよさそうな人だ。
　その後もいろいろ話が盛り上がり、そのお客様は私の全

身コーデを丸ごと買っていってくれた。
　うれしかったし、お客様との会話も楽しかった。
　デートに着ていく服で悩んでいたみたいだったけど、買えてすごい喜んでたな……。
　こういう時、すごくやりがいを感じる。

　お客様を見送り、売った服のタグに自分の名前を書いていると、白石さんが飛んできた。
「ちょっと佐久間さん！　さっきのお客様、私の常連さんだったんだけど！」
「え？」
「常連のお客様には話しかけないって決まり忘れたの!?　もう一度よくマニュアル読んでよ！」
「す、すみません……」
　その決まりは知っていたけど……。
　さっきのお客様が、白石さんの常連さんだとは全然気づかなかった。
　てか、知らない場合もあるんだから、その都度言ってほしいー！
　すると、白石さんは私からタグを奪い取り、そこに自分の名前を書いた。
　え……それはナシでしょ。
「何？　なんか文句あるの？　勝手に接客して売ったほうが悪いんだから」
　うちの会社はノルマがあり、毎月誰がどれだけ売ったか

という売り上げランキングが発表される。
　なので、自分が接客して売った商品のタグには名前を書いておかなくてはいけない。
「どうしたの？」
　浅間店長がそばに来ると、白石さんは一部始終を店長に報告していた。
　しかも、「佐久間さんが睨んでくる」という変なおまけつきで。
　つい、ため息が漏れた。
　しかし、そのため息が２人の癇にさわったらしく怒りはさらにヒートアップしていた。
「だからゆとりは困るのよ」
　言い返したいけど、そこはぐっと我慢する。

「美羽」
　その時、聞き覚えのある優しい声が……。
　振り返ると、店の前で翼と大輝が笑顔で手を振っていた。
「翼！」
　２人は店内に入ってきて私の近くまで来た。
「大輝が美羽の働いてるとこに行ってみてーって言うから連れてきた。ついでに俺も働いてるとこ見たかったから」
「そ、そうだったんだ……」
　変なところ見られちゃったかな……。
　でも遠かったし、細かいことは聞こえてなかったよね？
「この店、女に人気だよなぁ！　美羽すげーじゃん！」

翼の隣で大輝が興奮している。
「そう……かな」
　その時、浅間店長に「どちら様？」と聞かれた。
「あ、えっと……」
「美羽さんとお付き合いしている柊木と申します。いつも美羽がお世話になってます」
　翼がその場で頭を下げた。
　すると、店長の顔がみるみるうちに赤くなり満面の笑みに変わった。
「えーっ！　そうだったの〜佐久間さんなかなかやるわね！　こちらこそいつもお世話になってます。　佐久間さんはいつも一生懸命でね、今時の子にしてはできるなぁって思ってたんですよぉ」
　店長は声色を変えて言った。
　さっき私に『ゆとり』とか言ってきたくせに、翼が来た途端、態度を変えちゃうんだから！
　翼は店長の話をニコニコしながら聞いていた。
　以前、総長だったとは誰も思わないだろうな。
　今の翼は外見も紳士的な感じになったし、髪の色も落ちついた。
　世間に認めてもらうには外見から直していかなきゃって言ってたけど、こういうところで役立つなんて……。
　白石さんはというと、呆れたような顔をしてその場を去っていった。
　翼と大輝はしばらく店長と談笑していた。

店長、翼のことが気に入ったみたい。
「あー、そろそろ仕事に戻んなきゃないから行くわ」
　翼が時計を見てそう言うと、店長が「また遊びに来てくださいね〜」と微笑んだ。
　帰り際、店の出入り口で見送ると翼が私の耳元で囁いた。
「美羽が頑張ってるとこ、ちゃんと見てたから」
「え……？」
　私の顔を見て翼がフッと笑う。
「今夜、楽しみにしてる」
　そう言って大輝と手を振って帰っていった。
　見ていたって……どこから見られていたんだろう。
　怒られた時も見てたのかな。
　思い返したら恥ずかしくなってきた。
　その後は店長もなぜか機嫌がよくて、私に注意したりすることもなかった。
　翼効果なのかな……。
　なんかちょっと怖いけど。
　反対に白石さんは面白くなさそうな顔をしている。
　やっぱり白石さん、私のことが嫌いなんだろうな。
　私、何もしてないのに……。
　何か気に障ることでもしたんだろうか。
　考えれば考えるほど落ち込むけど、昼間のお客様のことを思い出すと、やっぱりこの仕事は楽しいって思える。
　先輩たちは厳しいけど、アパレルを選んでよかった。
　仕事が終わり、翼がバイクで迎えに来てくれた。

今日みたいに早番だったり、翼も仕事が早く終わる日はこうやって２人で帰ってご飯を作ったりしている。
　スーパーに寄って食料を買い物している時は、結婚したらこんな感じなのかなぁと、妄想が膨らむ。
　たくさん食料を買い込んで、翼のアパートへ向かった。
　翼は今、１人暮らしをしている。
　１ＬＤＫの部屋には私の物もたくさん置かれていて。
　いつ一緒に住んでもいいようにしているんだけどな。
　変なこと考えるのはよそう。
　私がキッチンで野菜を切ってると、翼が隣に立った。
「四条さんたちの結婚式のハガキ来た？」
「うん！　来月だよね？　楽しみー！」
　来月は四条さんとシホ先輩の結婚式。
　四条さんが少年院を出てしばらくしてから、２人は再び付き合い出した。
　そしてすぐに赤ちゃんができて……。
　シホ先輩たちは籍だけ入れて結婚式はしていなかった。
　子どもの愛那ちゃんはもうすぐ２歳になる。
　たまに会いに行ってるけど、名前どおり愛くるしい子でかわいい。
「シホ先輩たち、うまくいって本当によかったなぁ……」
「だな。まさかまた付き合って、結婚するとは思わなかったけど」
　翼は私の手元を見ながらそう言った。
　私もいつか翼と結婚したいな……。

そしたら毎日こうやってご飯作ってあげられるのに。
いつになるかわからないけど、遠い未来じゃないといいな、なんて。
でも最近、同棲の話が一切出なくなったのが気になる。
翼はどう思ってるんだろう……。

「美羽の料理の腕、どんどん上がっていくな」
翼がおいしそうにロールキャベツを頬張る。
「そ、そうかな……」
実は、こっそり梶原さんに料理を教えてもらっている。
でもそれは翼には秘密にしてるけど……。
好きな人に『おいしい』と言ってもらえるのは本当にうれしい。
ブーッブーッ。
その時、私のスマホが震えた。
見ると高校の同級生で、同じコンビニのバイトをしていた村上くんからだった。
【今度、職場で飲み会があるんだけど、佐久間さんも来ませんか？ 店長が会いたがってるよ〜。ちなみに俺も(笑)店にもたまには顔を出してよ】
村上くんは今、大学に行きながら、たまにコンビニでバイトしている。
店長さんも面白い人だったし、あの頃が懐かしいなぁ。
クスッと笑っていると、翼に「どーした？」と聞かれた。
「あ、村上くんだよ。コンビニで一緒に働いてた……今度

飲み会あるんだってー」
　そう言った瞬間、しまったと思った。
　何もやましいことがないから普通に答えちゃったけど、翼からしてみればあまりよろしくないよ……ね？
　恐る恐る翼の顔を見ると、翼は微笑んでいた。
「そうなんだ。行ってくれば？」
「う、うん……」
　ホッと胸を撫でおろす。
　前だったらきっとヤキモチを焼いていただろうに、翼も大人になったのかな……。
　でも少し寂しい気もする。
　なんて思っていると……。
「って、言うとでも思った？」
「え!?」
　突然、翼が私の隣に来て、突然顎を上に持ち上げられキスされた。
　急だったので私も驚いて拒んでしまった。
「つ、翼!?」
　翼は、ふてくされたような顔をしている。
「さっきからなにニヤニヤしてんだよ。そんなにメールがうれしい？」
「え!?　ニヤニヤしてた!?」
「ムカつくくらいしてたし。しかもその相手は村上だろ？俺が黙ってるとでも思ったのかよ」
　私からスマホを取り上げ、テーブルの上に置いた。

そして私をそのまま押し倒した。
「ごめん翼！　でも村上くんのメールで笑ってたんじゃないよ、コンビニの店長が面白い人なんだけど、それを思い出して……」
「どっちでもいいよ。他の奴のことを考えて笑ってるとか、許さねぇから」
　翼に再びキスされると、そのまま首筋にもキスされた。
　なんだかいつもより少し乱暴だ。
　ちょっと怒ってるのかな……。
「翼！　まだご飯が……」
「んなのいつでも食える。今は美羽が食いてーんだよ」
　私の首筋に感じたのは、熱い唇の感触だった。
「痛っ！」
　これって……キスマーク!?
「俺のものだってしるし。消えたらまたつけるから」
「えっ！　ちょっと待っ……」
　翼の手はいとも簡単に私の服を脱がしてしまう。
「今日はなんか……止めらんない」
　グリーンの瞳が相変わらずきれいで、吸い込まれそうになる。
「んっ……」
「かわいい美羽。声、殺さなくていいから」
　恥ずかしくなり、カーッと顔が熱くなった。
「無理だよ！　ここアパートだし……」
「わかった。そんなこと言う余裕ねぇくらい鳴かせてやる」

キスの嵐に頭がボーッとしていたけど、私は気を失わないように必死に翼の背中にしがみついていた。

　夕飯のあと片づけもしないまま、私たちはベッドに横になっていた。
「俺の勝ちでしょ？」
「え？」
「ああ。美羽の声かわいかったなー」
　思わず両手で顔を覆い隠した。
　めっちゃ恥ずかしい。顔から火が出そうなくらい。
「もう……意地悪」
「わりぃ。だってムカついたから。俺のことで頭いっぱいにさせてやろうと思って」
　そんなことしなくても、いつも私の頭の中は翼でいっぱいなのに……。
　すると翼が私のおでこに軽くキスした。
「さっき言ってた……飲み会、行きてーんだろ？」
「え、うん……でも翼が嫌なら行かないよ？」
「いや、いいよ行っても。さっきはちょっと意地悪したくなっただけ。でもたまにメールしろよな、心配だから」
「うん！　翼、ありがとう！」
　私は翼に抱きついた。
　でもこれが波乱のきっかけだったなんて……思いもしなかった。

月夜の下で、キス

　数日後、仕事終わりに以前働いていたコンビニに寄ってみることにした。
　でも……今日も私は仕事で白石さんに文句を言われ落ち込んでいる。
　頼まれた服をバックルームから持ってきたら違うと言われまた戻り……その量も半端ないし、バックルームは遠いしで私の足も悲鳴を上げていた。
　そのせいで午後の接客はほとんどできなかった。
　私は指示どおりにやってるんだけどなぁ……。
　白石さんは何かと文句をつけてくるから苦手。
　逆に店長は翼と会ってから、私にはにこやかに話しかけてくるようになった。
　『今日は彼氏さん来ないの？』と毎日のように聞かれるのが気になるけど……。
　そんなこんなで、今日も私はぐったりだ。

　久しぶりにコンビニ付近を通ると、高校時代を思い出した。
　少年院で翼が頑張っていた時、私もここで必死に働いていた。
　あの時は本当に辛かったけど、あの時のことがあったから今がある。

いろいろ思い出してたら泣きそうになった。
　店長や村上くんにもたくさんお世話になったなぁ……
　ここで働いてた頃はバイトが嫌だと思ったことなんて一度もなかったっけ。
　楽しかったもんな……みんないい人で。
　今の仕事はやりがいがあるけど、最近は出勤するのが億劫(おっくう)になってしまうこともある。

「おっ！　佐久間さん！　やっと来てくれたかぁ！」
　外でゴミをまとめていた店長が、私に気づいて声をかけてくれた。
「ご無沙汰してます。すいません、なかなか顔を出せなくて……」
「いやいや、仕事してるんだからしょうがないよ。あ、飲み会は参加してくれるんだって!?」
「はい！　お誘いありがとうございました」
「うん、佐久間さんが来てくれると場が華やかになっていいよ……それにしても、ますますきれいになったな！」
　店長は豪快に笑いながら、私の背中をバシッと叩いた。
「店長、女の子には手加減してくださいよ」
「村上くん！」
　私が来たのに気づいたのか、村上くんが外に出てきてくれた。
　村上くんと最後に会ったのは半年くらい前。
　たまたまこのコンビニに買い物に来た時に、少し話した

程度だった。
「佐久間さん、久しぶり」
　少し照れくさそうに鼻を触った。
「うん、みんな元気そうだね。村上くんは就活どう?」
「あー、企業の説明会とかに行ったりはしてるんだけどね、まだ決めらんなくて」
　私たちのやりとりを見ていた店長が、にやりと微笑む。
「村上くん、そろそろ上がってもいいぞ?　佐久間さんと積もる話もあるだろう」
「え、まだ退勤時間じゃ……」
「いーからいーから!　とっとと着替えてこい」
「でも……あ、佐久間さんはまだ時間ある!?」
「少しだけなら……」
　とっさにそう言ってしまったけど、これって村上くんと2人っきりになるってことだよね……。
　悩んでるうちに、村上くんがバックルームへと行ってしまった。
　少し話すくらいならいいかな……。

　村上くんは急いで着替えてきたのか、前髪が跳ねていた。
　それを見てプッと笑ってしまう。
「前髪、跳ねてるよっ」
　私の言葉に、照れくさそうに髪を触る村上くん。
　なんか懐かしいな……。
　翼が少年院からいつ出てこられるかわからなくて、私も

精神的に参ってた時、村上くんがボウリングに連れていってくれたことがある。
　すごく勇気づけられたし、本当にありがたかったなぁ。
「駅まで送るよ」
「あ、うん……ありがとう」
　駅まで15分くらいの距離だったけど、夜道はちょっと心細かったから助かった。
「てかさぁ……会った時から気になってたんだけど、佐久間さんちょっと元気ない？」
「え!?」
　私、顔に出ちゃってた!?
　思わず両手で顔を隠す。
「なんか悩みごとがあるんじゃないの？」
「あー……うん。仕事がちょっと大変で……」
「服屋だっけ？　接客業はどこも大変そうだもんなぁ」
「うん……お客様と話すのは楽しいんだけどね、先輩たちが……」
「厳しいの？」
「うん、ちょっと……でも私が悪いんだけどね、なかなか慣れなくて……」
　そう言ったところでハッとした。
　仕事の愚痴を人に話すのは初めてだったから。
　私ってば久々に会う村上くんになんてことを……。
「ごめん、久々に会ったのに愚痴なんて聞きたくないよね。忘れて」

あははと笑うと、「そんな無理に笑わなくていーじゃん」と真剣な顔で言われた。
「え？　無理に笑ってなんか……」
「わかるよ、すごい辛いんだなってのが。そういう笑い方してる時の佐久間さんって、辛い思いしてる時だから」
　そうなんだ……私、そんなにひどい顔してるんだ……。
　ぐっと、喉の奥が熱くなり、泣きそうになってしまった。
「辞めてもいいんじゃないの……そんなに辛いなら。なんか見てらんない」
　辞める？　やっと楽しいって思える仕事に出会えたのに……先輩が厳しいからって、辞めるの？
　仕事が辛くて泣いたことなんて一度もなかったのに、ついにプツリと何かが切れて泣いてしまった。
　悔しい、泣きたくなんかなかったのに……。
　翼は弱音もはかずにずっと頑張ってるから、私もこんなことくらいで負けたくないのに。
「ご、ごめん！　泣かせるつもりはなかったんだけど！」
　隣で村上くんがおろおろしている。
「ううん……一度泣いたらすっきりしたかも……今まで我慢してたから。これでまた頑張れるような気がする」
「え……、佐久間さん、あの彼氏の前では仕事の話しないとか……？」
「うん……お互いに仕事頑張ろうって約束して励まし合ってるのに、私ばっかり文句言ってられない。そんな情けない姿は見せたくないから」

すると村上くんが「そんなのおかしい」と呟いた。
「え……？」
「彼氏に本音で話せてないってことなんじゃないの？　そんなの一緒にいても疲れるだけでしょ」
「え、ち、違うよ！」
「あのさ……俺、今でも佐久間さんのこと忘れらんないんだよ」
「え？」
　村上くんが私の正面に立ち、進路を塞ぐ。
　私は驚いて固まってしまった。
「大学で彼女ができても、佐久間さんと比べてしまってすぐに別れた。俺の中で佐久間さんの存在がでかすぎたことに自分でもびっくりでさ……」
　ど、どうしよう……。
　私のことをそんなふうに思っているなんて。
　そんな人と夜に２人っきりで……私も何をやっているんだろう。
「ご、ごめん！　私もう帰らなきゃ……」
「ちょっと待って！」
　右腕を強く掴まれた。
「いやっ」
「……」
　拒んでも、びくともしない村上くんの手。
　私のほうをただ呆然と見ている。
「む、村上くん……？」

どうしたんだろう、私の首のほうをじっと見て……。
「ハハッ……そういうの見せつけられるとなぁ……」
「え？」
「ここ」
　村上くんが私の首筋を指さした。
　そこって……翼がキスマークをつけたところだ。
「悪い虫がつかないようにしてるってことだよね」
　一気に顔が熱くなっていく。
　ファンデで隠したつもりだったのに、汗で取れてしまったんだ。
　たった数日じゃ、翼のつけた痕は消えない。
「ごめん……私、村上くんの気持ちには……」
「わかってる。わかってるよ……でも、俺にもチャンスがほしい。だってさ、俺には気軽に仕事の愚痴を言ってくれるでしょ？　それって気を許せる相手だからだよね」
「そ、そうだけど……」
　村上くんが不敵に笑う。
「まだ諦めないから」
「でも！　私はっ」
「この話はもう終わり！　遅くなっちゃうから早く駅に行こう」
「待ってよ、村上くん。話がまだ……」
　私の話を聞かずに、ずんずん先を歩いていく村上くん。
　どうしよう……。
　変なことになってしまった。

2人っきりにならなければよかった。
　仕事の愚痴なんて言わなければよかった……。
　ため息ばかりが漏れる。

　駅で村上くんと別れたあと、すぐに翼に電話した。
「翼……」
《美羽？　今、仕事が終わったのか？》
「ううん……ちょっと友達のとこに寄ったんだけど……」
　それが前のバイト先だと言えなかった。
　翼に変な心配をかけたくない。
《あ、迎えに行く？　俺ももうすぐ終わんだけど》
「ううん、大丈夫。もう駅だから」
《なんかお前……》
「え？」
《やっぱ行くから。そこにいろよ》
　どうしよう、翼に心配かけちゃってる……。
　しっかりしなきゃいけないのに。

「なんだよ、その顔」
　翼はすぐに来てくれ、私の顔を見るなり、笑いながら頬っぺたをブニーッと伸ばした。
「ごめん。翼」
　人目もはばからず、翼に抱きついてしまった。
　何も言わずぎゅっと抱きしめてくれている。
　翼は何も言わないし、聞かないんだね……。

その優しさに私の身も心も落ちついていく。
「あのさー、元Phoenixのメンツに会いにいかん？」
「え？」
「今あいつら集まってるらしくてさ。美羽も連れてこいって言われてんのね」
「うんっ、行く！」
　みんなに会うなんて何ヶ月ぶりだろう。
　最近忙しくてなかなか集まりに顔を出せなかった。
　私の返事に翼がうれしそうに微笑む。

　四条さんの家の玄関には、たくさんの靴があった。
　ドキドキしながら翼と部屋に行くと、懐かしい顔ぶれが揃っていた
「みなさんお久しぶりです！」
　みんなが私たちのほうに笑顔を向けた。
　四条さんはお父さんの会社を継ぎ、大地さんはバーテンダー、小松さんと大輝は一般企業の派遣社員として頑張っているらしい。
　みんな少年院を出たあと、もがき苦しみ、そして必死に頑張った。
　世の中の風当たりは厳しいけど、後悔しない人生を歩もうとしている。
　本当に懐かしいな、この感じ。
「翼～すっかり真面目くんになったな」
　大輝に絡まれ楽しそうにしている翼を見ていると、私も

うれしくなる。
　そして、「美羽、こっちおいでよ」と呼んでくれたのは、四条さんの隣にいたシホ先輩。
　膝には娘の愛那ちゃんも座っている。
「シホ先輩、久々ですねーっ」
　私はそばに来た愛那ちゃんを抱っこした。
「わ、ちょっと会わない間に重くなったー！」
「でしょ？　いっぱい食べるようになってきたんだぁ」
　そう言って、シホ先輩は優しい笑顔を浮かべながら愛那ちゃんの頭を撫でた。
　お母さんの顔になっている。
　幸せそうな顔を見ると、少し羨ましくなった。
「結婚式の準備は進んでますか？」
「うん、大変だけどねぇ、チビもいるし。翼と美羽は出席してくれるんでしょ？」
「もちろん！」
　するとシホ先輩が私の顔をじっと見つめた。
「美羽たちは結婚の話とかまだ出ないの？」
　ドキッとした。
　翼が近くにいたから聞かれてないだろうか。
　でも翼は大輝たちと盛り上がってるようで、聞こえてなさそう。
「わ、私たちはまだまだですよ……同棲もしてないし」
「そうなのー？　あんたら早いと思ってたのに」
　私は今の関係でも満足だけど……将来のこと、翼はどん

なふうに考えているのか気になる。
「専業主婦もなかなかいいよぉ、夕飯作りながら旦那の帰りを待つの結構楽しくて」
「専業主婦かぁ」
「美羽は今、服屋で働いてんだよね？　仕事が楽しいなら辞めないか」
　楽しい……のかな。
　やりがいはあるんだけど……。
　ああ、仕事のことを思い出したらまた落ち込んできた。
「なぁ、みんなで人生ゲームやろうぜ」
　四条さんが突然ボードゲームを持ってきた。
「うわっ懐かしい！」
「大の大人が人生ゲームかよっ」
　みんななんだかんだ言いながらも、ゲームに夢中になっていた。
　やっぱりみんなといると楽しい。
　あの頃に戻った気分になる。

　しばらくして、私と翼はみんなに別れを告げて外へ出た。
「あー、楽しかったぁ！」
　私は夜空に向かって、ぐーんと手を伸ばす。
　それを見ていた翼が、「よかったな」と優しく微笑んだ。
　あ……もしかして、私が元気ないと思って……？
「翼……ありがとう」
「え？」

「元気出たよ。また明日から頑張れる」
「ん。美羽がなんかあった時は俺が全部受け止めてやるから。いつでも頼れよ。そのために俺は存在してんだから」
「そんなに都合よく呼び出せないよ」
「呼び出せよ、いつでも。お前のためならすぐに飛んでいくから」
　そう言って横から私を抱き寄せた。
　翼の胸は温かくてホッとする。
「うん！　充電満タン！」
　私は元気な笑顔を翼に見せた。
　すると、「俺も充電させて」と、私の唇にキスを落とした。
「翼！　ここ住宅街だから……」
「んなの、どうでもいい。今したい」
　今度は私のことをじりじりと塀際に追い詰める。
「待って！」
「ここだったらいーだろ」
「でもっ」
「ちょっと黙って」
　唇を食べられるようなキスは、私の頭の中を真っ白にさせ、何も考えられなくなってしまう。
「苦し……」
「やべ……その顔。煽（あお）んなよ」
「煽ってなんか……」
「そういうの、俺以外には見せんじゃねーぞ、絶対」
　ドキッとした。

村上くんの前では気をつけなきゃ……。
というか、もう会うのはよそう。
私が友達だと思っていても、あっちは違うみたいだし。
「他のこと考えんな。俺だけ見てろ」
「えっ……」
翼は私の考えてることはなんでもお見通しのようだ。
フッと片方の口角だけ上げると、もう一度私の唇に深い口づけをする。
月明りの光に照らされた翼の顔は、すごくきれいで妖艶だった。
グリーンの瞳が私の胸を熱く高揚させる。
私は翼の腰に手を回し、至福に浸った。

急展開

　半月後、この日は朝から気分が優れなかった。
　暑い日が続いていたせいか、夏バテっぽい。
　でも私は仕事を休むことはなかった。
　１日でも早く仕事を覚えて、先輩たちに怒られないようにしないと。
　白石さんに頼まれバックルームの整理をしていると、浅間店長が険しい顔で私のところに来た。
「佐久間さん、昨日私のお客様のデニムパンツのすそ上げしてもらったわよね？」
「あ、はい……私がやりましたが……」
「針が刺さっていたの。そしてデニムパンツも何かで切り刻まれていたようなのよ」
「え!?」
　私は驚いて立ち上がった。
「あなた……」
「いえ！　私じゃありません！　仕上げた時には何も問題ありませんでしたし、針も確認しました！　本当です！」
　店長がため息をつく。
「私も、あなたがやったとは思いたくない。でも……長谷川様は私の古い常連のお客様だし、嘘はついていないはずなの」
　店長は私がやったと思っているんだ……。

「幸い、よいお客様だから大事にはならずにすんだけど……長谷川様には私から深くお詫びしておくわ」
「はい……でも私、本当にっ……」
「これは店の信用にも関わる問題なの。取り返しのつかないことだってあるのよ」

　悲しそうに怒っていた店長。
　私にそう冷たく言い放つと、背を向けてバックルームを出ていった。
　どうして……私が袋に入れた時は何もなかったのに。

　その後……ハッとした。
　私……バカだ！
　バックルームを出て急いで店内に戻り、レジにいた白石さんを呼んだ。
「なんなのよ、突然」
　不機嫌そうに言われたって、関係ない。
「昨日、私がお直ししたデニムパンツ、お客様に渡したの白石さんですよね!?」
　すると、白石さんの顔が曇る。
　やっぱり……。
「デニムに針がついたままで、しかも切り刻まれていたらしいですよ！　それって……」
「何よそれ！　私がやったっていうの？　私はただ取りにきたお客様に商品を渡しただけだし！　それよりもあんたが針の確認しなかったんじゃないの!?」

バイトで入ってた子たちが驚いて、
「どうしたんですか!?」
　と私たちのところにやってきた。
「私は仕上げたあと、何度も確認しています！　針が刺さったままなんてありえません！　あと切り刻むなんてありえないし！　白石さん、私のことが嫌いだからって……」
「はぁ!?　そうやって人のせいにするの意味わかんない。さすが元暴走族の彼氏を持つだけあるわ。人を犯人扱いしてさぁ、ああコワッ」
　まわりのみんなが一斉に私のほうを見る。
　『暴走族』というフレーズを聞いて、私を見る目が一瞬にして変わった気がした。
　私の中で何かが切れた音がした。
「な、なに睨んでんのよ……あんたもヤンキーだったんでしょ？　私の友達、あんたと同じ高校だったからバレてんのよ、彼氏が少年院に……」
　バシィッ！
　私は思わず白石さんの頬を叩いていた。
「いったぁ……何すんのよ！」
「あんたに……あんたに翼のことをとやかく言われる筋合いはない！　何も知らないくせにっ……」
　翼がどれだけ頑張ってきたか……苦しみも辛さも知らないくせに！
　白石さんを叩いた手が震えていた。
　人を叩いたのはこれが初めてだったから。

自分のことをいろいろ言われるのはかまわない。
でも翼のことになるとダメだ。
こうやって自分を見失ってしまう。
「こっわぁ……こういう暴力的な子と一緒に働いてたなんて……みんなも嫌でしょ!? すぐクビにしてもらいたいよね!?」
バイトの子たちが気まずそうに下を向く。
「何!? なんの騒ぎなの!?」
その時に店長がやってきて、私たちの様子に驚いていた。
「営業中に、あなたたちはなんてことをしてるの!? 早く仕事に戻りなさい!」
みんながそれぞれに散らばる。
そして白石さんが頬を押さえながら、痛そうな顔をした。
「佐久間さんが突然叩いてきて……針を入れたのは私だって決めつけてきて……」
予想どおりの言葉を店長に言っていた。
私は何も言い訳せずに黙っていた。
「はぁ……よくわからないけど、叩くのはよくないわ」
「はい……申し訳ありませんでした……」
誤りたくなかったけど、白石さんに頭を下げた。
白石さんはフンと鼻を鳴らす。
「佐久間さん、あなた顔色が悪いわよ。疲れているようだし今日はもう上がりなさい」
店長が呆れたような口調で言う。
店にいられるのが迷惑なのかもしれない。

もしかしたら……もうクビかも。
　私はペコッと頭を下げてタイムカードを押した。
　もう本当にダメかもしれない。
　信用もなくなったし、みんなにも嫌な思いをさせた。
　でも……悔しかったんだ。
　何があっても、負けたくなかったのに。
　ここで頑張ろうって決めたのに。
　熱いものが込み上げてきて、涙が溢れた。
　それをグッと堪える。
　唇が震えているのは自分でもわかっていた。
　泣くな、泣くな！
　バッグを持ち、精いっぱいの笑顔でバイトの子たちに挨拶して外へ出た。

　外は殺人的な暑さで、頭がくらくらした。
　夏バテ気味なのにこの暑さで倒れそう……。
　無意識に翼に電話してしまったが、留守電になってしまったので、「早退した」と入れてすぐ切った。
　私、何してんだろう。
　翼はまだ仕事だし、迷惑なんかかけられない。
「佐久間さん！」
　フラフラしながら駅まで行こうとしたら、急に呼び止められた。
「村上くん!?」
　予想外のことに驚きを隠せなかった。

どうしよう、会いたくない人に会ってしまった。
「プッ。顔に出てるよ。悲しいなー、俺は会えてうれしかったのに」
「ち、違うよ！　ただびっくりして……」
「今日休みだったの？　俺、街に来たついでに佐久間さんの店を覗いてみようと思ってたのに」
「ううん……仕事だったんだけど……」
　あ、ヤバい。
　気づいた時には涙がこぼれていた。
　私は慌てて顔を隠した。
「あー……見ちゃったし」
「わ、忘れて！」
「だから無理しないで辞めろって言ったのに」
「……放っておいて」
「無理だから。もう放っておけない」
　私の手首を握って歩き出す。
「村上くん！　私は大丈夫だから！　手……離して！」
「離さない。離したら後悔しそうだから」
　その時、翼のバイクのホーンが聞こえた。
　横を見ると、路上にバイクを停めて私のところにツカツカやってくる。
「翼！　ど、どうして！」
　私は泣いてるし、村上くんには手を握られてるし、もう最悪な状態。
　翼は村上くんから私を引き離してくれた。

「こういうの迷惑なんだけど」
　村上くんの目の前まで行き、睨んでいる。
　しかし、村上くんは怖じ気づいていない。
「すいません……でも放って置けなくて」
「放っておいてくんない？　あんたに関係ねーだろ」
「関係あります！　佐久間さん、俺には仕事の愚痴を話してくれてます！　本当に辛そうで……あなたには弱いところ見せられないみたいですけど」
　村上くん……どうしてそんなこと……。
「あなたのこと信用してないんじゃないですか？　そんなの彼氏って言えますか!?」
　翼が私のほうを見た。
「あんたには美羽の気持ちがわかんねーのかよ。そんな奴には絶対に渡さねぇ」
「え？　佐久間さんの気持ちって……。仕事が嫌なんでしょ、そんなの辞めさせたらいいじゃないですか！」
「あー、話になんねぇな。美羽、帰るぞ」
　私の肩をかかえて歩き出そうとする。
「ちょっと待ってくださいよ！」
「待たねぇよ。あんたと話す時間がもったいねぇし。それよりもこいつを早く休ませてやりてーから」
　そう言って私に、「具合悪いんだろ」と聞いてきた。
「え……なんでそれ……」
「顔を見りゃわかる」
　私をバイクに乗せ、ヘルメットを被せてくれた。

村上くんは呆然とこちらを見ている。
ごめんね村上くん……。
心配してくれるのはありがたかったけど……。
私は翼以外に考えられないから……。
村上くんに向かって軽く頭を下げると、バイクは勢いよく発進した。
涼しい風が私の頬をかすめる。
目の前には翼の大きな背中。
私はその背中を、ぎゅっと抱きしめた。
翼……ありがとう。
私の変化に気づいてくれるのは、やっぱり翼だよ……。
涙で景色がにじんで見えた。

　この日は梶原さんが不在だったから、翼が私を部屋まで運んでくれた。
　お姫様抱っこで……。
「翼、ちょっと恥ずかしいんだけど」
「うるせーな、誰も見てねぇだろっ」
「でも、重いし！」
「軽いんだよ！　飯食ってんの!?」
　そういえば、最近は仕事のことでいろいろあったせいか食欲がなかった。
　ちょっと痩せたのかな……。
　私をベッドに寝かせると、翼はすぐに帰ろうとした。
「あ、待って！　ちょっと話そう!?」

「でも美羽、体調わりぃんだろ」
「うん……でも翼がいてくれたほうが安心するの。お願い、そばにいて？」
　そう言うと翼が口を押さえてため息をついた。
「はぁ……それやべー。かわいすぎだろ」
　カァッと顔が熱くなる。
　少し熱があるせいか、いつもなら言いづらいことも素直に言えてしまう。
　翼がベッドの脇に座った。
「どうして……今日あの場所に？」
「美羽、メッセージ残したろ？　あんな時間に早退とか、絶対なんかあったんだろうなって思って。で、社長に相談したら行ってこいって言ってくれたから、美羽が使ってる道を走らせてたんだよ」
「そうだったんだ……迷惑かけたよね……ごめんね、社長さんにも……」
「迷惑だなんて、みじんも思ってねーし！　つーか、美羽は俺に遠慮しすぎ。なんかあったらさ、言えって言ったじゃん。全部受け止めるからって」
「うん……ごめんね。翼が頑張ってるのに私ばっかり愚痴言ってられないなって思って……」
　翼がはぁっとため息を漏らす。
「仕事してれば、俺だっていろいろあるよ。愚痴りたくなるのは当たり前のことだろ。そういうの全部俺に吐き出せよ。なんのためにいつもそばにいんだよ」

「うん……」
「で？　美羽はどうしたいの？　あいつが言ってたように辞めたい？」
　私は首を振った。
「辞めたくない！　まだ慣れないこともあるけど、私この仕事が好きなんだ……どんなに辛くても、接客してると楽しいし、お客さんに喜んでもらえると本当にうれしいしやりがいがあるの。こんな気持ち初めてで……」
　それを聞いていた翼が微笑んだ。
「うん。じゃあ辞めんなよ。自分が限界だって思うまで、やりきれ。何かあったら俺がいるし、ムカついたらどんどん愚痴れよ」
「うん……」
　翼の言葉に救われた。
　そばにはいつも翼がいる。
　今日、改めてそれを実感させられた気がする。
「つーかさ……何あいつに弱味を見せてんだよ」
　翼がふざけて私の両頰をびょーんと伸ばす。
「ご、ごめんー！　弱味を見せるつもりなかったんだけど」
「プッ。いいよ、わかってるから。でももうあいつの前では泣くなよ。泣きたくなったらすぐ俺んとこ来い」
「うん、わかった」
「それにしても油断も隙もねぇな一。あいつ腹立つわ、マジで！　俺のほうがわかってるっつー顔しやがって……」
　ブツブツ言っている翼がかわいくて、頬っぺたをつんつ

んしてみた。
「んなことしていいと思ってんの？」
「え？　ただ突っついただけじゃん！」
　毛布をはいでベッドの中に入ってきた翼。
　一瞬で翼の香りに包まれる。
「つ、翼、今日は私……」
「期待してるところ悪いけど、今日はしないよん。俺、病人には優しいから」
　そう言って私の顔や首、手や足にキスをする。
「あ、俺のつけた跡、消えてんじゃん」
　首筋に一瞬、痛みを感じた。
「んっ……」
　翼が意地悪そうに微笑む。
「美羽が感じてんのかわいい」
「もう、バカっ」
「やべーな、このままだと俺が危ないから出るわ」
　ベッドから出ると、再び横に座り私の額を撫でた。
「やっぱ体、あっついな。熱あんじゃねーの？」
「ちょっとあるかも……なんか吐き気もするし。夏バテとか胃炎かな……」
　仕事のストレスたまってたからなぁ。
　でも今日、翼に話してすっきりした。
　もう迷わない。
　翼の言うとおり、限界まで頑張ろうと思う。
「無理すんなよ。とりあえずゆっくり休んで、梶原さんに

うまいもんいっぱい作ってもらえ」
「うん、ありがとう」
　私の一番の薬は翼だから。
　こうやって会えただけで、心が癒やされるんだよ。
　翼は私が眠るまで手を握っていてくれた。

　翌日はちょうど休みだったので、陽菜がうちに遊びに来てくれることになった。
　陽菜は今、薄記の資格を生かしてOLをやりながら、ネイリストの資格を取るのに猛勉強中。
　たまにしか会えなくなったけど、会える時は陽菜の練習がてらネイルをしてもらうこともある。
「え……美羽ちょっと痩せた!?」
　ベッドに横になっている私を見て驚いていた。
「うん〜、夏バテなのか風邪なのかわからないんだけど食欲なくて……」
「そうなんだ、美羽の好きなケーキ買ってきたのに〜」
　テーブルの上に出してくれたケーキを見たら、急に吐きそうになった。
「えっ！　大丈夫なの!?」
「う、うん……ごめんね、あとでもらうね……」
　すると陽菜が不思議そうな顔で私に聞いてきた。
「あのさぁ……私の勘だけど……」
「ん？」
「美羽、妊娠してない？」

ドクンと心臓が大きく揺れ動く。
「……え？」
「いや、吐き気するって言ってたからそうかなって思っただけで、なんの根拠もないんだけどねっ」
　あはは、と笑っている陽菜の横にあったカレンダーに目を移す。
　そういえば……次の生理っていつだっけ。
　先月いつ来たっけ。
　ドキドキして考えられなくなってきた。
「え、まさか……遅れてるとか？」
「いや、ちょ、ちょっとね……でも、まだわかんないんだけど……」
　お腹が重苦しいから、そろそろ来るかもしれない。
「近くの薬局で検査薬を買ってきてあげようか？　今、生理予定日にわかるやつあるから！」
「え！　でも！」
「こういうのは早いほうがいいでしょ!?　それに美羽だって１人でやるの不安じゃないの？」
　不安だ、不安に決まってる。
　どうせやるなら陽菜がそばにいてほしい。
　私は陽菜に頼んで、妊娠検査薬を買ってきてもらうことにした。

　青と白のパッケージ。
　検査薬なんて生まれて初めて使う。

どうしよう、もし本当に赤ちゃんがいるとしたら……。
「美羽、頑張って！　私もいるし、その……もしもできてたら翼も喜んでくれるよ！」
　ドキドキして手が震えている。
　結果が出るまで、すごく長く感じた。
　心臓がはち切れそうなくらい。
「は、陽菜！」
　私はトイレのドアの前にいた陽菜を呼んだ。
「どうだったの!?」
　検査薬の小さな小窓に、縦に線が入っている。
　妊娠……してる。
「どうしよう、に、妊娠してる……」
「えー！　マジで！　すげぇ……」
　陽菜も気が動転してて、どうしたらいいのかわからない様子。
　そっとお腹を触った。
　ここに……翼と私の子どもがいる……。
　うれしさと不安と、いろいろな気持ちが溢れてくる。
「美羽！　すぐ翼に言いなよ!?」
「でも……」
「何ためらってんの!?　翼だって喜ぶに決まってるでしょ！」
　本当にそうなのだろうか……。
　翼は私のことを大事にしてくれている。
　でも結婚のことまで考えているのかな……一緒に住む話

すら進んでないのに……。
　陽菜が私の両手を掴んで「大丈夫」と言ってくれた。
「翼を信じなよ」
「うん……」
　そうだ、翼を信じよう。
　きっと翼なら……と思っていても、不安はゼロではなかった。

　夜、翼に来てもらう約束をしてから、ずっとそわそわしている。
　たまに胃がムカムカするのは、赤ちゃんがいたからなんだね……。
　翼は仕事が終わったらすぐに来てくれた。
「ごめんね、昨日も来たのに……」
「別にいいし。それよりなんかあったのか？」
　不安そうな顔をしている。
　どうしよう、子どもができたっていったら笑顔になるのかな、それとも……。
　いろいろ考えてたらまた具合が悪くなってきた。
「大丈夫かよ……吐き気が治まんねーの？」
「うん……じ、実はね……」
「うん」
「赤ちゃんが……いるみたいなの」
　お腹をさすりながら言うと、翼が突然その手を掴んだ。
「マジ……で？」

「うん……」
　チラッと翼の顔を見ると、すごい驚いていて。
　私の心臓はバクバク音が鳴っていた。
「すげー……ちょっと待って……やべー……」
　頭をかかえながらブツブツひとり言を言っている。
「あの……翼……」
　すると私を正面から抱きしめた。
「めちゃくちゃうれしい……」
「え……」
「もう、なんて言ったらいいかわかんねーけど、すげーうれしすぎるわ！」
　私を抱きしめる翼の手も震えていた。
「わ、私……産んでいいの？」
「いいに決まってんだろ!?　他の選択肢なんかねーよ！」
　その言葉に、ぶわっと涙が溢れた。
「ほんと……に？　私と結婚することになるんだよ？　いいの？」
「当たり前だろ！　順番は逆になっちまったけど……そんなこと関係ねぇわ」
　私は声を上げて泣いてしまった。
　うれしくてこんなに泣いたことってあったっけ。
　ああ、翼が少年院から出て私と会った時……あの時もたくさん泣いたけど、きっと今が一番幸せだ。

　私が泣きやむと、

「ここにいんのかよ……」
　私のお腹をそっと触る翼。
　その手がすごく優しすぎて、余計に泣けてきた。
「でも……美羽は仕事どうすんの？」
「うん、ぎりぎりまで働いて、産休を取ろうと思う。この子が生まれて落ちついたらまた復帰したいから……」
「そっか、そこまでちゃんと考えてたんだな。やっぱ母親は強いな」
　翼の言葉に少し恥ずかしくなった。
　〝母親〟かぁ。
　この私が母親になれるのかな……。
「すげータイミングいいな……」
「え？」
「もう少ししたら美羽のこと驚かそうと思ってたんだけどさ……今、言うわ。俺、車を買うことにしたんだよ」
「え!?　そうなの!?」
「うん。バイクだと美羽の体によくねぇだろ？　車だったら遠出もできるし。ちょうどいいよな」
「うん……うれしい。翼の運転楽しみ！」
　翼が運転している姿かぁ。きっとカッコいいんだろうな……。
「はぁ……性別どっちだろーなー。男もいいけど女は美羽に似てかわいいのか……でもそれだったら嫁に行かせたくねーなー」
「あはは！　翼、気が早いよ！」

見たことがない翼の一面が見られて、うれしくなった。
きっと子煩悩(こぼんのう)な父親になるかも。
これから来る未来が、すごく楽しみになった。

翼が帰ってから、仏壇にお線香をあげた。
お母さん、お兄ちゃん……。
私、新しい命を授かりました。
翼と私の赤ちゃん……元気に産まれてきますように。
そして翼と結婚することになったよ。
2人とも、どうか空から見守っていてね。

翼からの告白

　数日後、翼と2人でお父さんと食事に行き、結婚と妊娠の報告をした。
　反対されるのかと思ったのに、お父さんは意外にも泣いて喜んでくれたので驚いた。
　孫が産まれてくるまで頑張ると張りきっていたのがうれしくて、思わず泣きそうになった。
　そしてお父さんが笑顔で『幸せになれよ』と言ってくれたことが、一番心に響いた。

　吐き気も落ちついた頃、私は職場へ向かった。
　体調不良で休ませてもらっていたけど、店長に結婚と妊娠の報告もしなくてはいけない。
　この前のことがあって少し気まずいけど、頑張らなくちゃね。
　お腹を優しく撫でて声をかけた。
「お母さん、頑張るからね」
　今日は午後からの出勤だったので、店内にはお客様が何人かいた。
「おはようございます」
　レジのところにいた店長に声をかけると、「おはよう、ちょっと裏に来て」と言われた。
　ドキドキする。この前のことだよね、きっと……。

裏へ行くと、そこには白石さんと、バイトの江口さんが立っていた。
　ん？　江口さんがどうしてここに？
　江口さんは最近入ったばかりの学生のアルバイト。
　物静かで、仕事以外しゃべったことがない。
　白石さんを見ると、バツが悪そうな表情をしている。
「この前の長谷川様のデニムパンツの件でね、あなたを呼んだの」
「あ……はい」
「ごめんなさい。私、あなたのこと疑っていたわ」
「え？」
「江口さんがあの日、見たそうなのよ」
「え……何をですか？」
　すると、江口さんの口が静かに開いた。
「あの日……長谷川様が商品を取りに来た日……私、見ていたんです。白石さんが袋の中に針を入れてハサミで何かしているところを」
「ええ!?」
　驚いて思わず大きな声を出してしまった。
「まさか、白石さんがそんなことするなんてね」
　店長が呆れたような口調で白石さんを睨みつける。
　すると、白石さんが下唇を噛んで頭を下げた。
「も、申し訳ありませんでした！」
「どうして……どうしてそんなことを!?」
「佐久間さんが羨ましくて……美人で仕事も一生懸命で

……売り上げも伸びてきたし、私、追い越されるんじゃないかって不安で……」
「個人的な感情でこんなことしたの？　お客様がケガしたらどうするつもりだったのよ!?　あなた責任とれるの!?」
　店長が怒鳴り出す。
「本当に申し訳ありませんでした！」
　白石さんは再び深く頭を下げていた。
「まったく……信じられないわ。クビよ。明日から来なくていいから」
「店長！　わ、私……」
「白石さんのこと信用してたのよ。私の次に長く働いてるのはあなただったし、次期店長の話も出ていたのに……」
　白石さんがワッと泣き出した。
「いいわ、もう。……ということで、佐久間さんにも迷惑かけたわね……ごめんなさい」
「い、いえ……」
「でも謎が解けてよかった。２人とも戻っていいわよ」
　江口さんはなんのためらいもなく戻っていったが、私の足は動かなかった。
「あの……店長、白石さんのこと、クビにしないでください……」
「え!?」
　店長も白石さんも、目を丸くして驚いている。
　白石さんの顔は涙でぐちゃぐちゃになっていて、メイクも取れてひどい顔だ。

「私事なんですが……妊娠したので結婚することになったんです。でもせっかく仕事も軌道に乗ってきたし、勝手な考えですが、この仕事が大好きだから辞めたくなくて。産休に入ったり、ご迷惑かけたりすることがあれば白石さんにカバーしていただきたくて」
「佐久間さん……あなた……」
「白石さん、厳しいけど本当のこと言ってくれるし、新人を教育するのも上手だから、きっとこれからも店のために頑張ってくれると思います。今回のことは絶対にしちゃいけないことだけど……白石さんも深く反省してるみたいだし。……そうですよね？　白石さん」
　白石さんが静かに頷いた。
「もう……二度とこんなことはしません。誓います……佐久間さんも……本当にごめんなさい」
　その場で土下座をして再び泣き崩れた。
「白石さん、顔を上げてくださいっ」
　私が慌てている横で店長が呟くように言った。
「佐久間さんって……若いのに本当にできた子だわ。あの時、あなたの彼氏さんに言ったことは本当のことよ」
「え……」
「佐久間さんが来てからね、少し売り上げが上がったのよ、あなたは見た目がいいのはもちろんだけど、お客様に対する思いやりがすごく伝わってくるの。だからお客様が心から買いたいと思うのよね。こちらとしてもあなたに辞めてもらっちゃ困るわ。おめでとう。元気な子を産んで、また

バリバリ働いてちょうだい」
「は、はい！」
「産休ぎりぎりまでは無理しない程度に頑張ってもらうわよ。そして……白石さん」
　店長が白石さんのほうに視線を移す。
「は……い」
「私に誠意を見せなさい。もう一度あなたのこと信じてみるから」
「は、はい！」
　白石さんは店長にも土下座していた。
「もう……やめてよ、土下座なんて。佐久間さんも許しているわよねぇ？」
「はい。白石さん、顔を上げてください」
　白石さんがゆっくりと立ち上がる。
「ありがとう……」
「でもあの……１つ言わせてください。翼は……私の彼氏は確かに昔いろいろありました。たくさんの人に迷惑をかけてきたかもしれません。でも今は、世間に恥じない生き方をしています。一生懸命頑張ってるんです。それをわかってほしいんです」
　その言葉に、白石さんも店長も頷いていた。
「ごめん。彼氏のことまで言っちゃって……私、恵まれている佐久間さんが羨ましくて」
「……恵まれてなんかないんです。私もいろいろな辛いことがありました。でも、だからこそ今こうやって頑張れる

んです。ちょっとした辛いことも乗り越えていけると思うんです」
「そうなの……佐久間さんって本当に強いのね……私、あなたみたいになりたい」
　白石さんはそう言ってくれたけど、私なんて昔は弱くてどうしようもない人間だった。
　でもそれを変えてくれたのは翼で。
　翼に出会えたから、今の自分がある。
　胸を張って生きていけるんだと思う。

　私は休憩時間に思い立って村上くんにメールした。
　私のことを思って翼に言ってくれたこと、心配してくれたことに感謝してるけど、私が一番そばにいたいのはやっぱり翼だということを伝えた。
　翼が後ろで支えてくれるから、辛いことも乗り越えていける。
　すると村上くんからすぐに返信が来た。
【そっか。佐久間さんは絶対俺のことを選ばないだろうなとは思ってた。悔しいけど、やっぱり佐久間さんのことをわかってあげられるのは彼なんだろうね】
　うん……翼はなぜか私の心の奥底まで見透かしてるんじゃないかってくらい、私のことをわかっている。
　そんな人、もうどこを探しても現れないと思う。
【幸せになってよ。じゃないと俺また現れちゃうからね？　あと飲み会のことは俺から店長に断っとくから】

ありがとう、村上くん……。
気持ちには応えられないけど、その思いはうれしかった。
どうか、村上くんも幸せになってね……。
その日の接客は晴れ渡った気持ちでできた。
吐き気など、どこかへ吹っ飛んでしまった。
赤ちゃんも頑張ってくれてるんだよね……。
お母さんもまた１つ、成長できたのかな……？

リーンゴーンリーンゴーン……。
今日は四条さんとシホ先輩の結婚式。
愛那ちゃんが産まれて約２年後、２人は晴れて結婚式を行うことができた。
今日のシホ先輩は一段ときれいで、見ているこっちまで幸せな気分になる。
「美羽もいつか着れるじゃんっ」
横で陽菜が呟いた。
「うーん、落ちついたら……だねぇ」
「今は体調大丈夫なの？」
「うん、たまに吐き気するけど、まだ軽いから」
病院に行ったら妊娠４ヶ月で、心拍も確認できた。
小さな心臓が一生懸命動いているところを見たら、また泣いちゃったんだっけ……。

四条さんとシホ先輩のプロフィール映像などを見て感動に浸っていた時、近くで翼たちがふざけ合っていた。

何歳になっても男の子って変わらないんだなぁ。

まぁ、微笑ましいけど。

元Phoenixのメンバーがこうやって集まれるのは滅多にないから、翼もうれしいんだろうね。

でも、陽菜以外に妊娠や結婚の話は一度もされなかった。

もっと突っ込まれたり冷やかされたりするのかと思っていたから拍子抜け。

翼、まだ誰にも言ってないのかな。

今日はシホ先輩の結婚式だから、私たちの話は二の次だけどね……。

「さてここで、お2人からサプライズがあるそうでーす！」

司会者の声に会場が盛り上がる。

シホ先輩がマイクを掴んで、叫んだ。

「翼！　美羽！ちょっとこっち来て！」

突然の出来事にジュースを吹き出してしまった。

「な、なんで!?」

横にいた陽菜がニヤニヤしている。

「えっ、なんなの!?」

「いいから、行ってみればー？」

翼のほうを見ると、驚いている感じはない。

私の手を取って、「行くぞ」と言ってきた。

私は何がなんだかわからないまま、四条さんとシホ先輩の前にやってきた。

「シホ先輩！　これどういうことですか!?」

するとシホ先輩は、「いーから！　翼のほうを見ててよ」と笑っていた。
　前を見ると、翼が私の前でひざまずいていて……。
「え？　何やって……」
　翼の顔は真っ赤で、まわりからは大輝たちの冷やかす声が聞こえてくる。
「翼〜カッコいいぞー！」
「それでこそ俺らのリーダー！」
　それに対して翼は「うっせーな！」と、恥ずかしそうに返している。
　音楽が変わり、私たちにだけ照明が当てられた。
　私はずっとドキドキしっぱなしで。
「美羽」
「は、はい」
「今まですげー苦労かけてきたけど……俺、お前なしじゃもう生きられない。美羽も子どもも、一生守っていく。だからこれからもずっと俺のそばにいてください」
　涙で翼の顔が歪んで見えた。
　大事なシーンなのにっ……。
「はい……よろしくお願いしますっ……」
　会場がワァッと盛り上がる。
　続けて翼がポケットから小さな箱を取り出した。
　中にはかわいい指輪が入っていて、それを私の薬指につけた。
「これは安物だけど、いつか絶対でかいのプレゼントする

から」
　私は震える手でそれを見つめた。
「でかくなくたっていい、これで十分だよ」
　涙をぬぐっていると、「おめでとう！」とシホ先輩に肩を叩かれた。
「シホ先輩、知ってたんですね……」
「当たり前でしょ！　翼にちょっと前から相談されててね、うちらが考えたんだよぉ」
　横にいた四条さんにも「おめでとう、よかったな」と祝福された。
　こんなにうれしいことはない。
　翼、みんな……考えててくれたんだね。
「まだまだあるんだよ！　これ！」
　シホ先輩がくれたのは小さな封筒のようなもの。
　かわいい包装紙に包まれている。
「グアム行きのチケット。お腹が大きくなる前に、そこでウェディングドレスの写真を撮ってきなよ」
　驚いて言葉が出なかった。
「これ、みんなからのプレゼントだってよ。ありがたく受け取っとこうぜ」
　横で翼がそう言った。
　テーブルに座っているみんなの笑顔が見える。
　陽菜、大地さん、大輝……みんな……。
「みなさん……本当にありがとうございました！」
　私たちは深くお辞儀をした。

すると、会場中から「おめでとう！」の言葉が鳴り響いてきて。
　うれしすぎて、また泣いてしまった。

　席に戻り、「泣きむーし」と翼が私の頬っぺたを引っ張る。
「だって……」
「俺ら、友達に恵まれたな」
「そうだね……」
「あのさ……俺、社長に店を１つまかされることになったんだ」
「え!?」
「社長が新しい店を経営することになってさ。前からちょっとそういう話は出てたんだけど」
「す、すごい！　出世じゃん！」
「前、美羽に一緒に住もうつってたけど、俺なりに考えてたんだ。美羽が職場に復帰しなくても、自分の給料だけでお前を養っていきたいって。それまでは同棲できねぇって思ってた」
　翼が真剣な瞳で私を見る。
「ちょっと時間かかったけど……やっと、一緒に住めるな」
「うんっ……翼、ありがとう！　私も頑張るね」
　私たちの新しい人生がスタートする。
　このお腹の子と一緒に。
　これからもいろいろあると思うけど、守るものができた私は、さらに強くなれる気がする。

半年後。
「おぎゃーおんぎゃー！」
　産婦人科にこだまする大きな鳴き声。
　私の娘、沙羅は人一倍泣き声が大きい。
「どうしよう！　泣きやまない！」
「俺に貸せ！」
　翼が私から沙羅を奪うと、優しくあやした。
　すると……ぴったり泣きやむのだ。
「えー！　なんでいつも翼だと泣きやむの!?」
「俺のほうが好きだからに決まってんだろ、なぁ沙羅！」
　デレデレした顔して沙羅を見つめている。
　納得いかないけど……翼の親バカっぷりを見るのも悪くない。
　今からこんなんじゃ、沙羅がお嫁に行く時が大変そうだなぁ……。
　なんて将来のことを考えると、笑みがこぼれる。
「なんだよ？」
　そんな私のことを睨む翼。
「ううん。幸せだなーって思ってただけ！」
　すると翼が私のおでこにキスした。
「ちょっ！　ここ病院！」
　私のほうを見て、ニヤリと微笑む。
「もっともっと幸せにする自信あるから、楽しみにしとけよ」
　そう自信満々に言う翼を見て思わず笑っちゃったけど、

うれしかった。
　翼と沙羅が元気でいてくれるなら、私はそれ以上の幸せはないよ。
　いつかね、私たちがおじいさんとおばあさんになった時、翼が『お前の人生、幸せだったか？』って聞いてくるかもしれない。
　その時、私は間違いなく『うん』と答えるだろう。
　そして、『翼と出会えたことは、私の人生の中で一番の幸せだよ』と、笑顔で言うよ。

　　　　　　　　　　　　　　　　　　END

あとがき

こんにちは、Rinです。
『今宵、君の翼で』を手に取っていただき、ありがとうございます。

今回のお話はシリアスなシーンが多く、いろいろ試行錯誤しながら書きましたので、完結までにだいぶ時間がかかりました。
本編の内容も大幅に修正させていただき、前よりも読み応えのある内容になっているかと思いますが、楽しんでいただけたでしょうか。

翼も壮絶な過去を持っていますが、美羽も話の中で家族の死に直面します。
人間、誰しもが歳を重ねていくもの。いつか自分にも必ずやってきます。
それが数十年後か、数年後か、はたまた数日後か……。突然やってくるかもしれません。
当たり前の毎日はないのです。
その時に後悔したくない、と私はいつも思っています。
もう少し家族との時間を大切にすればよかった、もっと伝えたいことがたくさんあったと思っても、亡くなってからでは遅いのです。

この話を通して、自分と向き合い、家族と向き合うことの大切さを感じていただければなと思います。

　今回、読者様からの感想もとても励みになりました。
　『今までにない暴走族のストーリー』と書いてくださった方がいらっしゃいましたが、このお話を書く時に、他にはない物語にしたいと思っていたのでとても嬉しい御言葉でした。
　本書限定の番外編も、読者様からのご要望を入れた話にさせていただきました。
　たくさんの試練を乗り越えてきた２人の幸せなシーンを書けるのは私も嬉しかったです。
　私も独身時代にアパレルで働いていたことがあり、美羽がショップ店員だったら可愛いし人気が出るかもしれないなぁと思い、今回その時のことをいろいろ思い出して書きました。

　最後になりましたが、いつも応援してくださる読者の皆様には本当に感謝しております。サイトで感想をいただけると、とても励みになりますし嬉しいです。
　そしてスターツ出版の皆様、素敵なイラストを担当してくださった架月七瀬様、いつも丁寧で適切なアドバイスをしてくださる酒井様、本当にありがとうございました。

2017.9.25　Rin

この物語はフィクションです。
実在の人物、団体等とは一切関係がありません。
一部、飲酒や喫煙に関する表記がありますが、
未成年者の飲酒や喫煙は法律で禁止されています。

♥

Rin先生への
ファンレターのあて先

〒104-0031
東京都中央区京橋1-3-1
八重洲口大栄ビル7F

スターツ出版（株）書籍編集部 気付

Rin先生

今宵、君の翼で
2017年9月25日　初版第1刷発行

著　者	Ｒｉｎ
	©rin 2017
発行人	松島滋
デザイン	カバー　金子歩未（hive&co.,Ltd.）
	フォーマット　黒門ビリー＆フラミンゴスタジオ
ＤＴＰ	朝日メディアインターナショナル株式会社
編　集	相川有希子　酒井久美子
発行所	スターツ出版株式会社
	〒104-0031 東京都中央区京橋1-3-1　八重洲口大栄ビル7F
	ＴＥＬ 販売部03-6202-0386（ご注文等に関するお問い合わせ）
	http://starts-pub.jp/
印刷所	共同印刷株式会社
	Printed in Japan

乱丁・落丁などの不良品はお取り替えいたします。上記販売部までお問い合わせください。
本書を無断で複写することは、著作権法により禁じられています。
定価はカバーに記載されています。

ISBN 978-4-8137-0320-4　C0193

ケータイ小説文庫　2017年9月発売

『ぎゅっとしててね？』小粋・著

小悪魔系美少女・芙祐は、彼氏が途切れたことはないけど初恋もまだの女子高生。同級生のモテ男・慶太と付き合い芙祐は初恋を経験するけど、芙祐に思いを寄せるイケメン・弥生の存在が気になりはじめ…。人気作品『キミと生きた証』の作家が送る、究極の胸キュンラブストーリー！

ISBN978-4-8137-0303-7
定価：本体600円＋税

ピンクレーベル

『無糖バニラ』榊あおい・著

高1のこのはは隣のケーキ屋の息子で、カッコよくてモテるけどクールで女嫌いな翼と幼なじみ。翼とは、1年前愛いているときにキスをされて以来、距離ができていた。翼の気持ちがわからずモヤモヤするこのはだけど、爽やか男子の小嶋に告白されて……？　クールな幼なじみとの切甘ラブ!!

ISBN978-4-8137-0321-1
定価：本体590円＋税

ピンクレーベル

『恋結び』ゆいっと・著

高1の美桜はある事情から、血の繋がらない兄弟と一緒に暮らしている。遊び人だけど情に厚い理人と、不器用ながらも優しい翔平。美桜は翔平に恋心を抱いているが、気持ちを押し殺していた。やがて、3人を守るために隠されていた哀しい真実が、彼らを引き裂いていく。切なすぎる片想いに涙！

ISBN978-4-8137-0323-5
定価：本体590円＋税

ブルーレーベル

『叫びたいのは、大好きな君への想いだけ。』晴虹・著

転校生の冬樹は、話すことができない優夜にひとめぼれする。彼女は、双子の妹・優花の自殺未遂をきっかけに、声が出なくなってしまっていた。冬樹はそんな優夜の声を取り戻そうとする。ある日、優花が転校してきて冬樹に近づいてきた。優夜はそれを見て、絶望して自ら命を断とうとするが…。

ISBN978-4-8137-0322-8
定価：本体580円＋税

ブルーレーベル

ケータイ小説文庫　好評の既刊

『お前、可愛すぎてムカつく。』Rin・著

真面目で地味な高2の彩は、ある日突然、学年人気NO.1のイケメン・蒼空に彼女のフリをさせられることに。口が悪くてイジワルな彼に振り回されっぱなしの彩。そのくせ「こいつ泣かせていいのは俺だけだから」と守ってくれる彼に、いつしか心惹かれていって…!?

ISBN978-4-8137-0148-4
定価:本体580円+税

ピンクレーベル

『乱華』Rin・著

高1の奈緒は、家族関係に深い闇を抱え、家庭にも学校にも自分の居場所を見つけられずにいた。ある夜、奈緒は暴走族『乱華』の総長・陸に出会う。長身でイケメンの陸に瞬く間に恋に堕ち告白するが、「俺は誰にも本気にならない」と言われる。やがて奈緒は、陸が背負う悲しい過去を知って…。

ISBN978-4-88381-841-9
定価:本体560円+税

ピンクレーベル

『漆黒の闇に、偽りの華を』ひなたさくら・著

ある人を助けるために、暴走族・煌龍に潜入した茉弘。そこで出会ったのは、優しくてイケメンだけどケンカの時には豹変する総長・恭。最初は反発するものの、彼や仲間に家族のように迎えられ、茉弘は心を開いていく。しかし、茉弘が煌龍の敵である鷹牙から来たということがバレてしまって…。

ISBN978-4-8137-0238-2
定価:本体640円+税

ピンクレーベル

『闇に咲く華』新井夕花・著

高1の姫乃は暴走族『DEEP GOLD』の元姫。突然信じていた仲間に裏切られ、楽しかった日々は幻想だったと知る。心を閉ざした姫乃は転校先で、影のある不思議な男・白玖に出会う。孤独に生きると決めたはずなのに、いつしか彼に惹かれていく。でも彼にはある秘密が隠されていた…。

ISBN978-4-8137-0160-6
定価:本体560円+税

ピンクレーベル

ケータイ小説文庫　2017年10月発売

『王子様の弱点ノート』あよな・著

有紗のクラスメイトの五十嵐くんは、通称王子様。爽やかイケメンで優しくて面白い、完璧素敵男子だ。有紗は王子様の弱点を見つけようと、彼に近付いていく。どんなに有紗が騒いでもしつこく構っても、余裕の笑顔。弱点が見つからない上に、有紗はだんだん彼に惹かれていって…。

ISBN978-4-8137-0336-5
予価:本体 500 円＋税

ピンクレーベル

『日向くんを本気にさせるには。』みゅーな**・著

高2の雫は、保健室で出会った脱力系イケメンの日向くんに一目惚れ。特定の彼女を作らない日向くんだけど、素直な雫のことを気に入っているみたいで、雫を特別扱いしたり、何かとドキドキさせてくる。少しは日向くんに近づけてるのかな…なんて思っていたある日、元カノが復学してきて…？

ISBN978-4-8137-0337-2
予価:本体 500 円＋税

ピンクレーベル

『君に伝えたい』善生茉由佳・著

中2の奈々美は、クラスの人気者の佐野くんに密かに憧れを抱いている。そんなことを知らない奈々美の兄が、突然彼を家に連れてきて、ふたりは急接近。ドキドキしながらも楽しい時間を過ごしていた奈々美だけど、運命はとても残酷で…。ふたりを引き裂く悲しい真実と突然の死に涙が止まらない！

ISBN978-4-8137-0338-9
予価:本体 500 円＋税

ブルーレーベル

『いつか その胸の中で』夕雪＊・著

高校に入学した緋沙は、ある指輪をきっかけに生徒会長の優也先輩と仲良くなり、優しい先輩に恋をする。文化祭の日、緋沙は先輩にキスをされる。だけど、その日以降、先輩は学校を休むようになり、先輩に会えない日々が続く。そんな中、緋沙は先輩が少しずつ記憶を失っていく病気であること知り…。

ISBN978-4-8137-0339-6
予価:本体 500 円＋税

ブルーレーベル

書店店頭にご希望の本がない場合は、
書店にてご注文いただけます。